好きな食べ物がみつからない

古賀及子

Chikako Koga

ポプラ社

つまりこれはいかんともしがたく愛の話なんだろう。

「好きな食べ物」がみつからない。

いや、好きな食べ物はいくらでもあるんだ。

なんだかいきなり情緒不安定なことを言ってしまった。私がみつからないという「好きな食べ物」とは、

「あなたの好きな食べ物はなんですか?」

と、誰かに聞かれたときのアンサーだ。

好きな食べ物はたくさんある、でも、聞かれて答えるベストな「好きな食べ物」がみつからないまま、私の人生の河は長らく流れてきた。

「あなたの好きな食べ物はなんですか？」

　この質問には、どう答えるかにほんのちょっとした大喜利、またはセルフプロデュース的な側面をつい感じ取ってしまう。

大喜利だとすると答えるのに悩んではいけない。熟考よりも求められるのは即答だ。

そのうえで、セルフプロデュース、自分がどう見られたいかの計算が求められる。

もちろん、実際にちゃんと好きな食べ物を答えなければ質問者との信頼関係にかかわる。


　とてもむずかしい。

　私は「好きな食べ物」を45歳という引き返せないレベルの大人になった今も規定できないままでいる。中学生の娘と高校生の息子と3人で暮らしているのだけど、彼らはよどみなく堂々と答えるのだから（後述するが、娘の好物はタコライスで、息子の好物は杏仁豆腐だ)、親として超えられた、うれしくも置いていかれてしまった気持ちだ。

ことを難解にしているのが「食べ物」とは何かという根源的な問いだろう。

担任の先生に遠足のおやつは300円までと言われたとき「おやつにバナナは入りますか」と聞く小学生が令和の世に現存するかは不明だが、聞いたかつての子どもたちに敬意を表して私は今「好きな食べ物にバナナは入りますか?」と聞きたい。

「好きな食べ物」として、バナナのような果物かつ軽食を取り入れてもいいものか。トマトやブロッコリー、こんにゃくに豆腐など、素材で答えて回答としての芯を食えるか。デザートでも大丈夫か。本来的には食事のメニューに限定して答えるべきではないか。

そうして私が苦慮してもんどりを打つ横で、ある友人は誰に聞かれても好きな食べ物を「すっぱいもの」と答える。

そんなのありか⁉

それ、味じゃん！

またある友人はいつでも元気に「おにぎりです！」と食い気味に即答する。

なんの具の⁉

彼らには逡巡《しゅんじゅん》がない。すっぱいものが好き、おにぎりが好き、そう答えることにもう決めて、うしろを振り返ることなく颯爽《さっそう》として生きている。

かつて私は好きな食べ物を「干しあんず」と答えていた。母方の祖母がよく実家に送る荷物に入れてくれて大好きだった。けれど、祖母が亡くなって届かなくなったら自分で求めることもなくほとんど食べなくなった。それでは好きな食べ物とは言えないだろう。

食パンが好きで、朝ぼんやりしているうちに1斤まるごと食べてしまったことがあった。これだ！　とひらめき、しばらく食パンを好きな食べ物として掲げたが、「じゃあ○○町の▲▲の食パン、食べたことある？　あれおいしいよね」とほがらかに聞かれて固まった。私が食べているのはスーパーで売られる袋に入った食パンであり、銘柄にもまったくこだわりがない。とうてい食パン好きは名乗れない。

一時期、圧力鍋であんこを炊くのに凝ったことがある。甘さが調整できるのがいい。いよいよこれだろうと、あんこです、自分で作ったあんここそ好物ですとふれ回った。が、自分のなかでのブームが去るのは早く、そのうえ圧力鍋も壊れて一切作らなくなってしまった。あんこもだめだ。

「あなたの好きな食べ物はなんですか？」

結局ふりだしに戻って、惑う。

おいしい食べ物が世に多すぎる。無限にある。スーパーに行くと、いつも新鮮に食の豊かさに感動する。まずなんといっても野菜が輝いている。果物もぴっかぴかだ。お肉やお魚には頼もしさすら感じる。乳製品やお菓子は人においしいと言われるために生まれてきたような存在だ。パンもお米も言わずもがな。さらに総菜コーナーに行けば買って温めればすぐ食べられる料理がたくさん並んで見ているだけで胃がゆれる。

いつか近所のスーパーがリニューアルオープンしたときは、新しくつるつるした店内が蛍光灯で真っ白に照らされたうえ陽気な音楽がかかって、そこに潤沢に食べ物が並ぶんだから私はすっかり感動し、じんわり涙したほどだ。

まずスーパーがそんなようすだし、街を歩けば小さな商店がそれぞれ独自の味わいを売らんと頑張っている。コンビニは真夜中も開けて温かいものから冷たいものまで売ってくれる。そのうえ、各種レストランだってある。個人のお店もチェーン店もしのぎをけずって気の利いた料理を値段に応じた素材と手間で上手に出してくれる。

今日び、おいしくないものを探す方が大変で、たまに「これはまずい！」というものに出会ったらむしろ希少さに珍重の思いが湧いてありがたがるくらいだ。どこへ行ってもおいしい食べ物に囲まれ、手に余って半目で見ないと魅力にあてられてスーパーでもデパートでも気が滅入りそうにすらなる。なんて贅沢なことだろう。

私はなんだってたいていは好きなんだ。

アイドルファンの世界には、ひとりと決めずたくさんのアイドルを好きでいる「DD（誰でも大好き）」だとか、グループのメンバー全員を尊ぶ「箱推し」という言葉があると聞いた。いっそ、食べ物全体を愛していくのはどうだろう。「好きな食べ物は、食べ物です」。据わった目でそう公言して生きて行く……。

と、昨今は開いていない悟りを開いたつもりになってこの問題にあえて向き合わず放り出していた。ほとんど拗《す》ねたと言ってもいい。

ところで私はもずく酢がやや苦手で、食べようと思えば食べられるし食べればおいしいとも感じるのだけど、あえて買ったり注文して食べることはない。

先日入った居酒屋が、料理はおまかせで出してもらえるお店だった。

「苦手なものはありますか」

と聞かれ**「もずく酢があまり……」**と答えた。なんと偶然、突き出しにもずく酢を出そうとしていたという。インド料理の、きゅうりをヨーグルトで和えたライタに代えてくれた。

このライタがとってもおいしかった。インド料理を食べるタイミングではなく、居酒屋でビールのおつまみとして味わうのが思いのほかちょうどよく、もずく酢が苦手だとちゃんと言えてよかったなあとしみじみと実感した。

はっとした。もずくが苦手だとしっかり認識し決定していたことにより、たった今、私は実利を得た。

例のすっぱいものが好きな友人のもとにはすっぱい食べ物情報がつねづね周囲から集まるという。おにぎり好きの友人は差し入れによく名店のおにぎりを受け取っている。

彼らは**「あなたの好きな食べ物はなんですか?」**に生き生きとしてきっぱり答えることによって、豊かな時間をすごしている。

やっぱりみつけたい。

私の「好きな食べ物」は、どこかにきっと、あるはずなのだ。

もくじ

STEP2 血に聞き、形から入る

STEP3 フェティッシュを爆発させてみたい

STEP8 可能性のその先の景色を見に行こう

STEP9 私は好きな食べ物とマッチングしたい

STEP10 好きを因数分解する方法があった

STEP 11
嘘でもいいから好きと言ってみる

STEP 12
私が好きな私はどんな私ですか

STEP

0

憧れのあのひとたちには「好きな食べ物」がちゃんとある

デザインされたプロフィールにおける「好きな食べ物」

中学生の娘はサンリオのキャラクターであるポチャッコが好きだ。最近急にその魅力に気づいたのだという。

ある日、そろそろ寝ようかと横になると、隣の寝床から娘に「ねえ」と声をかけられた。

「ポチャッコの名前の由来、お母さん、知ってる?」

「えっ、知らない。なんだろう」

「ぽちゃぽちゃしてるから、だって! 公式のプロフィールに書いてあった」

娘はあはは! と笑って続ける。「ぽちゃぽちゃしてるって、なにそれ!」

たしかに、ふくよかなことをぽっちゃりしているとは言うけれど、ぽちゃぽちゃしているとは、少なくとも書き言葉としてはあまり使わない。娘はそういうところのキャッチアップが機敏で抜け目のないところがある。

ポチャッコのようなキャラクターたちは、アニメや漫画といったフィクションの物語を遂行するために生み出されるキャラクターとは違って、最初から存在そのものが仕事だ。あとからアニメやマンガになることはあっても、そもそもは姿かたちやそのようすを愛でるために世の中に登場する。どのような存在かを際立たせるため、デザインされたプロフィールを背負っていることが多い。

物語から発生するキャラクターが物語上必要があって設定が表出するのとは違って、キャラクターとしてはじまるキャラクターは、都合の制約がない分、プロフィールが思い切っている。

有名なのはハローキティの身長と体重だろう。身長はりんご5個分、体重はりんご3個分、だ。これぞまさにプロフィールのためのプロフィール。意味はなく、純粋にかわいい猫のキャラクターであることを訴求する意図だけがここにはある。

この世界線では、ぽちゃぽちゃしているからポチャッコがポチャッコである、その公式が、ひょうひょうとして成立するのだ。

ある日、娘とスーパーに行くと、お菓子のコーナーに「サンリオキャラクターズチョコレート」というのがあった。不二家から出ている、ハローキティ、マイメロディ、シナモロール、ポムポムプリンそしてポチャッコがかたどられた棒付きチョコレート菓子だ。

ポチャッコのファンである娘はもちろん、サンリオ全般が大好きな私も色めき立った。「かわいい……!」「かわいいね……」

駄菓子がたくさん揃ったこのコーナーでは主に小さな子どもたちが熱心に品定めしていたが、中学生と大人である私たちもその輪に加わってわふわふ鼻息を荒らげた。娘はやはりポチャッコのチョコレートを選んだ。

帰ってきてさっそく食べはじめた娘が、チョコレートをなめながらパッケージを差し出して言うのだ。

「ポチャッコの好きな食べ物はなんでしょう？　って書いてある。ヒントがこれだって」

示された部分には、コーンにのったアイスクリームらしいものの黒く塗りつぶされた影が描かれている。

「アイスクリーム……だよねえ」

「ね、影にしたところで隠せてない。簡単だ」

ふたり甘く見てそう会話して、けれど正解を見るとこう書かれているではないか。

正解：バナナアイス

バナナアイス！


そうきたか、だ。娘は感心している。

「アイスクリーム、じゃだめなんだ。その先まで届かせて、バナナアイスまで行かなくちゃキャラクターの好きな食べ物にはならないんだね、厳しいね」

この発言は、好きな食べ物を宣言する難しさそのものを言い表していると私は思った。厳しい。そう、厳しいのだ。好きな食べ物は。

ポチャッコの好きな食べ物が「バナナアイス」であることからは、アイスクリームからもう一歩その先へ行く、思い切りとセンスが学び取れる。

理想的な「好きな食べ物」とは

なにかを好きな食べ物であると宣言する、そこに表現されるのは単に好きな食べ物なだけではなくその人のパーソナリティに及ぶ。だからこそ難しい。

これから私は自分の好きな食べ物を探す旅に出ようとしている。キャラクターとして生まれ、設定を与えられた彼らから学ぶものは、もしかしたら大きいのではないか。人為的に付与された好きな食べ物は、実情をふまえず理想的な好きな食べ物として立体的だ。キャラクターをいかにもそのキャラクターらしく演出する。

例の「サンリオキャラクターズチョコレート」にラインナップされた他のキャラクターたちの好きな食べ物は、ではなんなのだろう。

王者、ハローキティはプロフィールもさすがに充実している。趣味は「クッキーを作ったり、ピアノをひくこと」。夢は「ピアニストか、詩人になること」だそうだ。キティちゃん、詩人を目指していたとは。

サンリオが、創業者の辻信太郎氏の戦争体験を反映した反戦メッセージを訴え続けていることは有名だ。キティちゃんが詩人を目指すことにも、発信者として世界に立つ意識がしっかりとしてあるのではないか。心を熱くさせながら、好きな食べ物も見てみよう。

キティちゃんの好きな食べ物、それは、

ママが作ったアップルパイ

だった。

そうきたか。

アップルパイでは、だめなんだ。ママが作ったやつでないといけない。

ここにはあたたかい家族仲がかいま見える。イメージの良さは青天井だ。さすがとしか言えない。

イメージ通りという好感

続いて、サンリオの番頭的存在とも言える（勝手に私が今言った）マイメロディ。趣味は「クッキーを焼くこと」だそうで、あえてかうっかりか、キティさんとかぶっている。そういうことがあってもいい。手作りのクッキーはいくらあっても助かるものだ。

好きな食べ物はというと、

アーモンドパウンドケーキ

だった。

ショートケーキやモンブランといったフレッシュケーキではなく焼き菓子であるところに、どうしてだろう、だろうな、という思いが自動的に発生する。

メロディちゃんのことはずっとファンではいたけれど、パーソナリティについてはあまり考えたことがなく、にもかかわらず、生ケーキか焼き菓子だったら焼き菓子が好きだろうなという観念があらかじめちゃんとファンの脳内にあるのはさすがサンリオのキャラクターの浸透力と思わされる。

アーモンドパウンドケーキを調べてみると、生地にアーモンドプードルを使い、上にアーモンドスライスを散らすレシピが多いようだ。

アクロバティックな答えではない。けれど「メロディちゃんがきっと好きそう！」という、元来の印象に素直に応えてくれるサービス精神を感じさせるチョイスだと思う。

イメージ通りであることは人を安心させ、ひいては好感につながる。

物語としての「好きな食べ物」

シナモロールは、好きな食べ物がシナモンロールじゃないなんてことが、あるんだろうかと、あったらどうしようとやや不安なくらいの気持ちで調べた。

「カフェ・シナモン」名物のシナモンロール

と、あった。パターンとしては「ママが作ったアップルパイ」と同じであり、食べ物そのもの以上に、好きを物語に強く託す方式だ。

シナモロールは〝空からフワフワ飛んできたところを、「カフェ・シナモン」のお姉さんにみつけられ、そのままいっしょに住んでいる〟という設定で、つまり身元引受人であるお姉さんに対する恩義のようなものが（本人にその自覚はないにせよ）投影されている。

「ママが作ったアップルパイ」以上に設定の影響が好きな食べ物に濃く出ている。好きな食べ物をステージに、人生を語るという手があるのだ。深い。

ふにゃふにゃしたものとのたまう

キャラクター名にすでに食べ物の気配を感じるのはシナモロールだけではない。ポムポムプリンもそうだ。好きな食べ物はというと、

ママが作ったプリン、ミルク、ふにゃふにゃしたもの

なにそれ！

ふにゃふにゃしたものってなに！

ここへきて思った以上の謎がぶつかってきたものだから、私、立ち上がってしまった。ふにゃふにゃしたもの、とは。麩《ふ》とかか。

なにしろまずは〝プリン〟を好きな食べ物としてどう消化するのだろうと思ったが、そこは偉大なるキティ先輩にならい「ママが作ったプリン」であった。ついでのようにあいだに狭まったミルクが唐突で、そうしてふにゃふにゃしたもの、である。

好きな食べ物を堂々と「すっぱいもの」と発表し、十全に機能させて生きている友人が私にはいる。彼女を見ていて、好きな食べ物というのは案外概念的な輪郭線で語ってもいいのだなとは思わされてきた。

ふにゃふにゃしたもの、とのたまう手があったのだ。

もはや食感でもない気がする。感触という方が近い。

ふにゃふにゃ。ナンや、焼く前の生の状態の食パンあたりも該当するだろうか。

ふにゃふにゃした食べ物をみつけるたびに今後ポムポムプリンのことを私は思い出すのだろう。思わぬトリガーが人生に埋まった。自分を印象付けるとはこういうことかもしれない。キャラクターの好きな食べ物、やはり勉強になる。

ここでの学びを総括してみよう。

ポチャッコ：バナナアイス
アイスクリーム、で止まらない。その先まで行き切る

ハローキティ：ママが作ったアップルパイ
家族との連帯が伝わる

マイメロディ：アーモンドパウンドケーキ
イメージ通りであることの安心感、おさまりの良さ

シナモロール：**「カフェ・シナモン」名物のシナモンロール**

人生を投影する

ポムポムプリン：**ママが作ったプリン、ミルク、ふにゃふにゃしたもの**

意外な概念を登用することで自分を印象付ける

このすべてを実装しようとするとかなり情報量の多い「好きな食べ物」が爆誕してしまいそうだ。たとえばこんな感じでしょうか。

べたべたした（意外な概念）
恩人でもある（人生を投影）
おじいちゃんの得意料理だった（家族との連帯）
桃のピザ（先まで行き切る）

盛りすぎだ。

これでは聞いた側はへとへとに疲れてしまう。いわゆるクセが強い状態だ。実際に参考にする場合はある程度おさえて選択するのがよさそうだ。

好きな食べ物という問いの大地の自由さ、広さ、そして楽しさを、キャラクターのみなさんのおかげで理解することができた。

実はちょっと不安だったのだけど、のたまう、くらいの気持ちで大胆になってもいいのだ。よし、私も彼らみたいにこれぞという好きな食べ物をみつける。私の好きな食べ物第一位として表彰台に上がる食べ物を、今こそみつけるんだぜ。

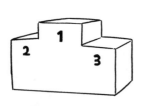

STEP 1

好きな食べ物のなかから好きな食べ物を探す

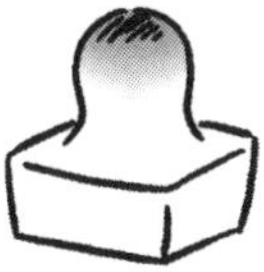

好きな食べ物をみんなの前で発表する！

好きな食べ物の表明に、はじめて直面したのは小学5年生の夏だ。夏休みに転校した私は、転校先の学校の教室でクラスメイトの前に立って挨拶をすることになった。先生が黒板に「古賀及子さん」と、ふりがなをつけて大きく書く。漫画と同じだと思った。

「こがちかこです。よろしくおねがいします」

「みなさん、仲良くしましょうね、古賀さんに何か質問のある人はいますか」

私が引っ越したのは開発まっただなかのニュータウンだった。小学校には新規で分譲された住宅に越してきた子どもたちが次々転入してくる。先生も生徒も、誰もが転校生に慣れていた。自己紹介のあとの質問も、だからばんばん手が挙がる。先生に当てられた子が元気良く立って言った。

「好きな食べ物はなんですか」

易しくて楽しい質問でよかったですね、という雰囲気でもって優しくにこにこ私を見守る先生。クラスメイトたちも、給食の前に食べ物の話が出るだけでちょっとテンションが上向いているのが分かる。

しかし私は緊張で喉が閉じた。好きな食べ物って、なんだっけ。

正直に言えばハンバーグだ。レストランに行けばぜったい頼むし、母が作る高さがあってごろっとした肉の食感のあるハンバーグは当時家族全員の好物だった。

でもどうだろう。小学5年生で「好きな食べ物はハンバーグです」というのは、ちょっと無邪気すぎやしないか。もっと大人びていたい。みんなへの印象を良くして、新しい学校生活をパワフルなものにしたい。

そうだ、ピラフはどうだろう。引っ越しで夏休みはおおむねつぶれたけれど、祖父母がプールに連れて行ってくれたときに入った喫茶店で選んで食べたばかりだ。きれいなお皿に平べったく盛られてやってきたピラフは、野菜や小さな海老で彩られ、全体が油できらきらしていた。チャーハンとはぜんぜん違う味がして、おしゃれでうれしかった。ただし、1回しか食べたことはない。

だめだ、こういう他愛ない質問は、悩めば悩むほど周囲からの回答への期待値が上がり、発言の重みは増す。なんでもいいから大きな声で元気に言って、適当に笑って流してもらうこと、それが肝要だ。とにかくなにか、なにか言おう、なにか。

「アボカドです」

ちょっと教室が、ざわっとした。

アボカド……?

みんなの頭からハテナがぷかぷかうかんで教室の天井に吸い込まれていくのが、見える。

し、しまった……。

追い詰められた結果、ほぼ反射で思いもよらず出た言葉だった。人間というのはよく分からないもので、自覚なく体が動くことがある。うっかり喉から言うつもりのないことばが出てしまうことも、ある。

アボカドは今でこそ大人気食材だけれど、これはまだ90年代の話だ。新しい食材としてちらほら名前は聞くようにはなっていたが、まだ手軽に買えるものではなく、私自身当時食べたことが実際あったかどうかというとあやしい。

テレビで観たことがあったのだ。変な名前だなと印象に残っていた。白状すると、ドリアンと混同すらしていた。

即答せねばと思ってつい欲が出た。変わった名前の珍しい食べ物を言って、笑いがとれないかと下卑たのだ。

実際、ざわついて謎を頭に浮かべるも、クラスのみんなの受け止めは好意的だったと思う。ちょっとはウケた。

「あはは、アボカドなんてよく知ってるね。わさび醤油で食べるとおいしいなんて聞きますね」

先生がほがらかにフォローして、私は用意された席についた。

子どもの私から大人の私へのバトンタッチ

「好きな食べ物はなんですか」という問いへの答え、その、はまらなさ、ピンとこない慌てた気持ちのすべてが、アボカドのエピソードには詰まっているように思う。

当時はアボカドをとくに好きではなかった。にもかかわらず、つい口から出てしまった。理由は、クラスのみんなに自分に興味を持ってもらいたかったからだ。手に汗握って逡巡をし、ぎりぎりで「アボカドです」と答えた子どものころの自分の真顔のいじらしさは、こうして思い出すとほほえましい。けれど、今では嘘がいけないことはよく分かる。面白がらせるためであれ、虚偽を申告してはだめだ。

大人の世界にはその場のようすで数ある好きな食べ物のなかからついっとよさそうなものを選んでスッと場に差し出す強者《つわもの》がいたり、これぞという一品を心に携えて乗り切る賢者がいる。とくべつ構えず、その時々で直近のエピソードを織り込んで適当に答える人もいる。共通するのは軽やかさだ。彼らは自分を知ることで、人を楽しませてもいる。コミュニケーションの玄関として、上手に「好きな食べ物」を使っており、かっこいいなと思わされる。

私は結局あれからまだずっと迷い続けたままだ。大人になった今だからこそ、大人らしくこの問いにあらためて取り組む。小5の自分から、バトンはたしかに受け取った。

あれから35年、アボカドは大人気食材になった

ところで、知りもしないアボカドのことを好きな食べ物として発表した小学5年生のあれから、早いもので35年が経った。

その後のアボカドの快進撃はすさまじく、国内でぐんぐん人気食材としての地位を獲得していったように思う。今ではスーパーに行けば通年手に入るし、ファミレスやコーヒーショップの軽食でも大活躍している。

結果、じわじわと私は本当にアボカドが好きになっていった。

たまに買ってはぐりぐりつぶしてワカモレを作るし、外食で注文したサラダに入っているとうれしい。サンドイッチを選ぶとき、海老とアボカドが挟んであるものがあればハムもチーズも卵もコロッケも差し置いて頼む。

先日、仕事のあいまにコーヒーチェーンのドトールで軽く昼食を取ろうとしたところ、カウンター越しに店員さんに「新しくなったミラノサンドBはいかがでしょうか」とすすめられた。

ドトールのミラノサンドといえば、フランスパンとコッペパンのちょうど中間のような食感のパンにフィリングを挟むサンドイッチだ。すすめられたミラノサンドBは「エビ・アボカド・サーモン ～タルタルソース仕立て～」だった。即答で、「ぜひそれをください」とお願いした。

海老やサーモンの他にクリームチーズや玉ねぎが効いて、ぬったりとやわらかいアボカドにからむ。「そうそう、こういう味！」と指をさしたくなる。

小学5年生の私が、アボカドの明るい未来と、それにともなってアボカドを好きになる自分を察知して予言的に好きな食べ物として宣言したのだったらそれはすごい能力だ。ご説明の通りウケを取りたい気持ちが先走ってほとんど反射で言ったのだから、これは完全に偶然だろう。

こんなにアボカドを好きになるとは思わなかった。

もし、クラスのみんなの前でもう一度「好きな食べ物はなんですか」と聞かれたら、今なら「アボカドです」と答えても間違いではない、ということになる。教室でのあの焦燥が人生の伏線になるとは。

1個518円、高級スーパーのアボカドを食べる

私は小学5年生のあのとき、アボカドには大変失礼なことをしたわけだ。知りもしないのに好きな食材と発表してしまったうえ、なんでアボカドなんて言っちゃったんだろうと恥じた。

みそぎになるかは分からないが、今あらためて、アボカドと向き合いたい。

そう思って向かったのは高級スーパーの紀ノ国屋だ。価格が高い分、品質やコンディ

ションの良いアボカドを扱っているに違いない。

生鮮コーナーを物色し、覚悟はしていたが驚いた。アボカド、１個税込５１８円。１０００円出したら５００円玉のお釣りがこないアボカドなんてのがあるとは。どれも黒々と光って大ぶりだ。店員さんに聞くとちゃんと食べごろに熟したものを並べているという。近所のスーパーで１００円で売られるものは熟し度合いを見極めるのが難しいから、これは助かる。

ひとつ選んで買った。高級なりんごや柑橘類のように、フルーツキャップと呼ばれる網目の緩衝材に包まれている。そのうえ、レジで空気を入れてふくらませた薄いビニール袋に入れてくれた。こんな包み方があるのかと、はじめて見る配慮だ。二重に守られた状態で高級アボカドは片付かない我が家にやってきた。

メキシコ産のこのアボカドには表面に小さなシールが貼られている。見ると「Passion」と書かれていた。情熱……！　メロディに歌詞をのせるように、アボカドに情熱をのせ、メキシコからやってきたと思うといよいよのありがたみではないか。

せっかくの品だ。できるだけ素材のまま食べてその味わいを感じたい。半分にしてスライスして無理を承知で一きれまずはそのまま食べてみた。

……おお、うん。

なるほど、おいしいアボカドだ。青臭さのない、ぬったりもったりした味と食感が口内で躍動する。ただ、なんというかやむを得ずどうしようもなく素材すぎる。味としてわくわくし切らない。空腹だけでは最高の調味料になり切れないのが素材なんだと思う。

続いて醤油とわさびで食べてみた。あのとき教室で先生が言った、アボカド黎明期《れいめい》にスタンダードだった食べ方だ。

驚いた。これ、アボカドの食べ方としてもしかして一番なんじゃないの。ワカモレとか、海老やサーモンと合わせてマヨネーズ和えとか、しなくてもよかったんじゃないの。当時も、わさび醤油で食べることでどこかトロのように味わえるともてはやされたはずだが、まさに脂の多い刺身のようだ。ここへきて５００円以上する高級品としての地肩の強さもしっかり味に表れて口で感じられる。食感が重い。ずしっとくる。

２きれ、３きれと食べ続けた。うん、おいしい。おいしいね。

「おいしい」は普通のこと

アボカドのおいしさが口に連続で入ってくる喜びと同時に、単純においしいと感じることと、それが一番好きな食べ物であるかどうかのあいだには、大きく超えられない壁があることにあらためて思いが及んだ。

アボカドはおいしい。だけど、ああ、それってけっこう普通のことなんだ。おいしいものは世の中にいくらでもある。ほとんどそれは海だ。おいしいものの海《うな》原《ばら》から、私は今、独特の価値観を確立させて、なんらかの強い理由でもってこれが一番好きだと叫ばねばいけない。

思った以上に厳しい。アボカドはこんなにおいしいのに、きみが好きだと言い切れない。

「好きな食べ物」を探る、これは旅だ。厳しい旅だからこそ、好きな食べ物が決まったとき私はきっと、成長している。

クラスのみんなが私の発表を待っている。早く、早く答えなくちゃ。でもごめん、やっぱりもうちょっと、時間が欲しい。考えさせてください！

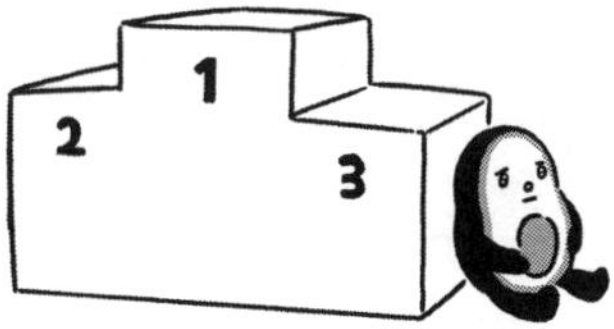
1
2
3

嘘をやめて素直になる

自分を表明することは自分をよく見せようとする欲といつも隣り合わせだ。有名人が経歴を詐称し発覚してニュースになるのをたまに見るが、小5のあの日好きな食べ物をアボカドと言った行為も同じ、つまり詐称だった。

自分を開示するときにつきまとう、どうしても出てくるちょっと盛りたい気持ち、あれは本当にあぶない。足をすくわれる。よく見せたい、ウケたいという麻薬には、やはり手を出してはいけない。アボカドは、おそろしい食べ物だった。

精神の統一が必要だ。私は嘘偽りのない私でなければならない。難しく考えず、心を空っぽにして素直になることから好きな食べ物をあらためて探しはじめよう。とにかくひたすら無垢《むく》になる。そうして好きな食べ物を思い浮かべてつかまえたい。

両足を肩幅に開いてすっと立ち、足の裏で大地の息吹《いぶき》を感じながら全身をゆるませる。ただ純粋に好きだと、食べ物を思い浮かべたときに自然に胃が動くのは何か。脳と胃に光るその食べ物とは……。

……。

……。

……。

……もしかして。

……ぼんやり見えてきたこれは……。

……チーズケーキか⁉

きみとぼくとチーズケーキの思い出

20代前半のころ、付き合っていた人とクリスマスの当日にケーキを買おうとデパートの地下の洋菓子コーナーに行った。どのテナントもケーキは予約で完売で、でもチョコレートケーキで有名なトップスのブースで「チーズケーキでしたらご用意があります」と、ひとつ売ってくれた。

濃厚なレアチーズケーキだった。丁寧に砕いて固められたクッキーの土台に、レアチーズ部分がクリームで覆われてのっている。上部は美しくも控えめにデコレーションがなされ、小さい塊ながらずっしり重い。

買うだけ買って行くあてもなくて、12月の終わりで寒かったけれど、公園のベンチに座ってふたりの膝と膝のあいだに置いて食べた。味がおいしくて、状況は楽しくて、細く長方形の形のチーズケーキは両端からどんどん減った。乾いた空気の風が少し吹いて、夜だった。チーズケーキは真っ白で雪みたいに、街灯に照らされて白飛びして見えた。

精神を統一し、仁王立ちして自分自身に「好きな食べ物は」と問いかけた結果浮かんだのが、この思い出だった。

子どものころはそうでもなかったはずなのだけど、クリスマスの記憶がきっかけか、それとも単に味に目覚めたのか、私にとっていつからかチーズケーキは好んで食べるもののひとつとして輝き続けている。こってりした乳と発酵による奥深い味わいの向こうに甘さと酸味が成立しているのがいい。

先日このトップスのチーズケーキを久しぶりに食べたところ、当時のままの味で感動した。ちょっと懐かしい、トラディショナルで真面目な味がする。フレッシュで、レモンの風味がしっかりしている。

世界でいちばん濃厚なケーキだと、それくらい過激な印象があったけど、重いケーキがいくらでもある今食べると驚くほどではない。国内で最高層であった霞が関ビルが今や他の建造物におされてむしろ小さく見えるみたいなことか。けれどその分、伝統的な生真面目さからくるレモンの果実感が特長として迫る。

チーズケーキを好きな気持ちを、他の店のケーキも食べて確かめたい。

名店で解像度を上げよう

向かったのは東京都目黒区の中目黒。駅からほど近い目黒川沿いにチーズケーキファンに有名な専門店、ヨハンがある。

これまでちゃんとしたお店のチーズケーキを食べた記憶は、実はトップスしかない。チーズケーキは安いやつを適当に買ってもだいたいおいしい。その事実に甘んじて、名店を開拓するような丁寧さを好きという気持ちに対してしてこなかった。

ここまできてなお、濃厚なタイプのチーズケーキを好きな理由を聞かれても「こってりしてるのに甘酸っぱいところがよくて……」くらいしか答えることができない。解像度、がっさがさだ。ヨハンのことはテクスチャの濃厚なチーズケーキの名店と聞いてずっと気になっていた。今こそ味わって、自分の「好き」とより仲良くなりたい。


ヨハンは1978年創業。無着色、無香料、保存料も使わない、飾らないチーズケーキを売り続ける。チーズケーキというのは根源的におしゃれでかわいい食べ物だから、むしろ素朴であるほどかっこよさが際立つと私は信じていて、その思いに真正面から応えてくれる店だと思う。

特長的なのは、職人さんがみなさん、ご高齢の男性だというところだ。

もともと樹脂製造業の住友ベークライトを定年退職した方がはじめたお店で、以後、伝統的に同社を退職した方を職人さんとして採用していたそうなのだ。

今では住友ベークライト以外の会社で働いていた方もいらっしゃるとのことだけど、それにしても定年退職後にこの店に入ってきているのだという。

そんな店ほかにない。うっかりチーズケーキがどうでもよくなるくらい独特の採用スタイルだけど、今日はおじいさんではなくチーズケーキに刮目《かつもく》したい。（参考：https://www.tokyo-np.co.jp/article/277238）

チーズケーキを食べている実感そのものがある

まず言うと、行って本当によかった。この機会がなければ行かないままだったのかと思うとおそろしい。

扱うチーズケーキは4種類。

「ナチュラル」と呼ばれる、甘さを抑えてチーズならではのしょっぱさもきちんと感じさせる定番品。ナチュラルと見た目がほとんど変わらない、やや食感がやわらかく甘みも丸い「メロー」。表面をサワークリームの層で覆った、フルーツの酸味も効かせた「サワーソフト」。ゼリー状のブルーベリーがのった「ブルーベリー」。

それぞれ1カットずつを詰め合わせたパッケージが、ずばりの名前「4種セット」

として売られており、これは助かると買ってきた。

サワーソフトは他の3種にくらべるとやや食感が軽いものの、基本的には4種のどれもがずっしり重く、ぬしっとした口当たり。チーズケーキファンとしていきなり最終到達地にリーチしてしまった手ごたえがある。

うまく言い表せないのだけど、「おいしい」というより、「ああ、これはチーズケーキだ」と、チーズケーキを食べている実感そのものが口のなかに出現した。

好物が、今ここ、口内にある。その存在の証明としての味とでも言おうか。

たとえば好きな人がいるとして、その

人を好きであることが、会いたさにのみ純粋に宿ると感じること、ありませんか。

実際に会ってしまうと、会いたいという気持ち、すなわち好きな気持ちは治まって、目の前に人の実体が現実としてただ視認される。

好きであることよりも、ここにあなたがただ存在するのだと、それを解るための時間が流れだす。

チーズケーキも、だから、口のなかにあるなあ！　と思ってばかりいた。

もしかしたら、それは幸せということかもしれない。

呼び覚まされし「主婦の店 さいち」

さて、ヨハンのチーズケーキを体験し終え、「好きな食べ物がわかったぞ」と落ち着くどころか実は私は焦って冷や汗をかいていた。

というのも、ヨハンで好きな食べ物の現場に直に行くという充実感、純粋な楽しさ、喜び、それを味わってはっと「主婦の店 さいち」のことを思い出したのだ。

さいちは仙台の秋保《あきう》温泉にあるスーパーだ。いわゆる地元の頼れるスーパーでありながら、全国にその名をとどろかせている。理由は「おはぎ」だ。

さいちはおはぎの有名店であり、人口4700人の街で1日に最高2万5000個のおはぎを売り上げたことがあるらしい。売上にはもちろん驚くが、作る側の供給力がすごい。レシピは口伝（！）で、地元から通うスタッフのみなさんにより手作りされているそうだ。（参考：https://plus.chunichi.co.jp/blog/sugawara/article/497/3553/）。

ヨハンに行ってよかったと思った瞬間、私は（さいちは！）と魂を叫ばせていた。忘れていた。私はもうずっと、おはぎを買いに秋保温泉に行かねばと思っていたんじゃないか。

いつだったか、総菜コーナーでおかずに加えてできたてのおはぎを扱うスーパーが多いことに疑問を持ち、理由を調べてたどりついたのがさいちだった。スーパーで売る総菜としてのおはぎの地位を確固たるものにした立役者だ。

本気のインドア派である私は、旅行が積極的には好きでない。住み慣れた東京から遠く離れたさまざまな土地が、その土地ごとの良さでもって輝くさまにはいつも憧れている。海外はもちろん、国内各地もそうだ。けれどそれは行きたいという気持ちとは決定的に地続きでない。本格的に体を動かすのがおっくうなたちなのだ。

今日、私がヨハンに勇んで行ったのは、有名なチーズケーキを食べてみたかった単純なミーハー心ともうひとつ、店が東京にあって自宅から気軽に行けることが理由としてあった。距離のハードルが低かった。

いっぽうさいちは宮城県だ。遠くまで足を運んででもいつか必ずと思う食べ物は私のなかにはさいちのおはぎしか、ない。

むくむくと今行かずしていつ行くとの気概がわき上がり、もはやチーズケーキを押しのけん勢いでおはぎへの希求が盛り上がってきた。ここまでたぎる情熱が自分にあったとはまったく気づかなかった。

チーズケーキを買いにヨハンへ行ったことが呼び覚ましたのだろう。

仙台まで行っておはぎだけ買う

行こう、仙台だ。

私は大人だから、たとえ衝動的な行動であれ、いきなり駅には走らない。まずは静かにさいちの定休日と営業時間、おはぎの完売予想時間を調査し、そうして直近で終日スケジュールのあいた日の新幹線を予約した。

一連の作業をする冷静で本気の私の目を見てほしかった。黒目がおはぎみたいな形をしていたと思う。

4月の晴れた日だった。早起きをして出かけるつもりでいつもより1時間早い時間に目覚ましをかけて寝て、自然に目が覚めたと思ったら目覚ましが鳴る1時間前だった。

そんなにおはぎを……と我ながら驚く。好きな気持ちにちゃんと強度がある。「好きな食べ物はおはぎです」もうこれで決まりでいいんじゃないか。

せっかく早く起きたから、一刻も早く仙台入りすべく新幹線の予約をネットで変更し前倒しした。

東京駅は8時台でもう混みあっていた。8時オープンのグランスタ東京はお土産を買わんとする人ですでににぎわいはじめている。

新幹線で軽く何か食べようと「ブルディガラ」と看板の出るベーカリーに入ってみた。きれいに焼けたパンがきらきら輝く。あ、最近パン・オ・ショコラって食べてないなあと手を伸ばそうとしてはっとした。おはぎの前に、いいものを食べてどうする。逃げるように店を出た。

あとで検索したところ、ブルディガラのパン・オ・ショコラは狂言師 野村萬斎さんの気に入りの品だそうで、あぶなくセレブのパンを食べて口をブレさせてしまうところだった。

冷静になり、コンビニで食べ慣れていくら食べてももう口が驚くことはないであろうサンドイッチとコーヒーを買う。新幹線は快調に飛ばす。私は今日の作戦をおさらいした。

・仙台駅に到着したら、バスで主婦の店 さいちのある秋保温泉へ向かう
・売り切れては大変だから、到着したらすぐにおはぎを買う
・仙台駅へ戻るバスが来るまでの時間に旅館の日帰り温泉でひとっ風呂あびる
・仙台駅に戻ったら、わき目もふらず帰りの新幹線に乗り新幹線内でおはぎを食べる

つまり、風呂をあびることはさておき、おおむね本当におはぎだけ買いに仙台まで行くわけだ。

行動をシンプルにすることでおはぎへの敬意を最大限に表するつもりだ。ただの気持ちの問題だけれど、「好きな食べ物はおはぎです」と公言するうえでは畏敬の念こそが重要な予感がする。

推し、ということばが広く使われて久しい。その活動は、尊いと思う気持ちをどこにどう込めるかに自由がある。

仙台まで行っておはぎだけ買う、そこに私の「推」の気持ちを託したい。

おはぎフェス会場はこちらです

秋保温泉は仙台駅からバスで30分ほどの場所にあった。余談だがこのとき乗った西部ライナーの車体の紫色が、スポイトでカラーピックしたのかなと思うほどほとんど正しくエヴァンゲリオン初号機の紫色であった。

エヴァンゲリオンに揺られて車窓を見ていると、晴れた空、山の道のわきに「秋保おはぎ」と、もはや「さいち」の文字よりも大きく「おはぎ」と書かれた看板が立っている。文字で大書きされたことにより、不思議とおはぎの実体ではなく、概念的なおはぎという存在へ向かっていつつあるのを感じる。神秘的だ。

佐勘《さかん》前というバス停で降りればさいちはすぐと聞いた……と、地図を見ながらバス通りをそのままバスの去った方へ歩くとすぐに「さいち 第4駐車場」と看板が出ているのに気がついた。

第4……。その向こうに、おお、ネットで何度も見た、さいちの店構えが。スーパーというよりも、郊外の住宅街にぽつんと現れる食料品店といった様相、想像以上にコンパクトな店だ。

地元住民の方のもっぱらの足は車だろうことはバスの少ない本数から想像ができ、となると駐車場は必須だというのも理解できるが、それにしてもこの規模のスーパーで第4駐車場まであるのはすごい。

いよいよまで近づくと、道路に面して「主婦の店 さいち」の看板が大きく立つ。

店名の下にはさらに、

「名物 秋保 手作り おはぎ」

「ようこそ 恵み おはぎの里へ」

との看板も。これを見て一気に駐車場が第4まである理由を理解した。

さいちは、おはぎフェスの会場なんだ。

ここでは毎日おはぎのフェスティバルが開催されている。

時間は昼前。平日にもかかわらず私のような遠地からやってきたらしいおはぎ目当てのお客も、地元の買い物客も店内には同時に両方いる様子だ。

店頭には一般的なスーパー同様野菜やトイレットペーパーやティッシュペーパーが並ぶ。スーパーだけに買い物かごも積まれていた。「さいち」と店名のロゴが入っており、ファンとしてはこのかごを腕に下げられるだけでもうれしい。店内に入ると、おはぎ目的の旅行客のためだろう、分かりやすく総菜コーナーへの動線がしっかり案内されていた。

そもそもは一般的なスーパーだったのが総菜コーナーの商品、とくにおはぎがおいしすぎて知名度が全国レベルになった、それがさいちだ。重々承知のうえで来たが、ここまで本当にちゃんと、いわゆる旅行客のハレと地域住民のケが同居しているとは想像が至らなかった。フェス会場なのに、ど日常なのがすごい。

一見客としては地元の方のご迷惑にならぬよう、すみやかにおはぎを手にして退散せねばと、勝手に緊張して総菜コーナーに入場した。

聞きしに勝るお総菜力だった。段になった冷蔵ケースに、宮城県らしい郷土の料理や、一般的なおかず、それに地元の菓子店のお菓子がうなる。大人気商品だという玉子サンドもわんわん魅力を放ってきた。

おおおと、圧倒されながら前に進むと、おはぎだ！　どんどん売れるのだろう、白衣を着た店員さんがカートに山盛りに運んでは並べていく。種類はあんこだけではない。ごまときなこ、それに期間限定の納豆もあった。う、うわあぁ。

小さな店だ。広い売り場ではない。おはぎコーナーの1畳ほどのスペースに全国からおはぎファンがおしよせ、日々何千個とおはぎが売れて行くのだと思うと胸がいっぱいになる。こんなふうにロマンが暴走するってこと、他にあるだろうか。

賞味期限は当日中だ。持ち帰って家族に食べてもらうことを考えてもそんなにたくさんは買えない。移動時間を考えると納豆はあきらめた方が無難だろう、ではきなこは3個……？　いや2個、ごまも2個、あんこは……本当だったら5個買いたいがやはり2個でぎりぎりか……。脳が、人生に大切な選択を迫られたときだけ私に憑依《ひょうい》するといわれるスーパーコンピューター富岳《ふがく》として活動する。

よし。きなこ2、ごま2、あんこ2だ。

最大限、やさしい手つきで売り場からかごにとった。すると、せっせとおはぎを並べていた店員さんが「あ！　ごま、できたてがありますから、こちらをどうぞ」と別のものを渡してくださったのだ。しかしそれは3個入りパック。

「す、すみません、3個だと食べ切れなそうで、ぜんぜんこっちで大丈夫ですから」

なんて親切なのかといよいよ感極まって、もうこうなるとたがが外れておはぎのケースの上に陳列された「さいちのおはぎによくあう 玄米茶ティーバッグ」や「秋保おはぎ本舗 さいち監修 おはぎバー」まで、ファングッズとばかりにあわあわしながらかごに入れまくった。

そうして少し落ち着いてあらためて総菜を見ると、炊き込みご飯などご飯ものもおいしそうに輝く。肉や魚のおかずも充実している。もはや近くに暮らしたい。秋保温泉に湯治《とうじ》がてら、素泊まりのできる宿に逗留《とうりゅう》するのはどうだろう。秋保温泉のお湯とともにさいちの魅力をも全身で受け止める2週間。長年悩まされている首こりが一気に軽快しそうだ。

「ごまの2個パック、ご用意しました、こちらをどうぞどうぞ」

感じ入っていると、さっきの店員さんがにこにこふたつ入りの、できたてのごまのおはぎを渡してくださった。わざわざ2個のを用意してくれたらしい。や、優しさ！

重々お礼を言って会計をした。

店を出ると、店の前に置かれた赤いベンチに座っておじいさんがそれはそれはおいしそうにおこわを食べている。

近くの温泉旅館で日帰り入浴をさせてもらって、これがまた完璧なお湯で、それから旅館の方に聞いて飲食可能なスペースがあることを教えてもらった。せっかくできたてを持たせてもらったのだから、せめてごまだけでも早めに食べたいじゃないか。

食べたらこれがすごかった。まずはとにかくまぶされた黒ごまの量に驚く。パックにほとんどぱんぱんに入っていて、おそるおそる開けたのだけど、それでも少しだけこぼしてしまった。

ゆっくり半分に割ると、なかにはあんこが入っていない。これまで私が食べてきたごまやきなこのおはぎは、なかにあんこが入っているものばかりだった。

さいちのおはぎは、あんこはあんこ、ごまはごまとして立脚しているのだ。ごまだって、あんこに頼らずおはぎという世界においてひとつのパーソナリティであり得る。

エモーショナルではないか。おはぎ、ディズニー映画のテーマにできる。

そうして食べると香ばしい甘い味のごまがしっかりと精力的にしょっぱかった。

味が甘じょっぱいという味覚の枠に入ったとき、感覚は甘さよりもしょっぱさに敏感になるものだが、そのエッジの角度が極めて鋭利だ。ここまで甘しょっぱさをくっきりさせることができるのか。遠慮のない味付けがおいしい。

はっとしたのはご飯の部分だ。細かく搗《つ》かれてきらきらした断面のご飯、この弾力がすごい。口のなかでわんわんはずんでゴムまりみたい。おはぎにおいしさを感じるのはまずはあんこやごまといったフレーバーの部分だと思っていた。ご飯にこんなに感激したのははじめてかもしれない。

なるほど、名店はこういう仕事をするのだなと、分かったところで時間がやってきて、例のエヴァンゲリオン色をした仙台駅行きのバスに乗った。

仙台まで行っておはぎだけ買う人生でいいのか

できたてのごまのおはぎをおいしく食べた私は、今思えば完全に慢心した。まだきなこと、それにおはぎ界のトッププレーヤーであるあんこも食べていないのに、心に余裕ができてなんだか解った気持ちになってしまった。

バスは秋保温泉を静かに走り去る。車窓の向こうには美しい蔵王《ざおう》連峰が見え、それを背景にして堂々たる様子で「萩の月」の看板が立つ。

トンネルを抜けバスは繁華なエリアに入った。おや、あそこに「白松がモナカ」と看板を出したお店がある。そうか、あの有名な白松がモナカも仙台の銘菓なのだなあ。

人心とはおそろしい。

さっきまでさいちでおはぎに夢中になったのが、温泉で全身をあたためたうえ、ごまのおはぎで中途半端にではあるが納得を得て、急に移ろい出したのだ。

バスは予定通りの時間に仙台駅に到着し、事前のもくろみではこのまま新幹線に乗ってまだ食べていないおはぎを食べることになっている。仙台まで来ておはぎだけ買うことでおはぎに敬意をささげる。

はずなのだけど、仙台駅構内の強烈な訴求の強さに引っ張られてどうにも仕方がない。

そこいらじゅうで人々がずんだシェイクを飲み、午後の中途半端な時間帯にもかかわらず牛タンの店には行列ができている。仙台は子どものころよく父が出張した街だった。お土産として決まって買ってきてくれて、大好きだった笹かまぼこののれんがお土産屋の店頭に立つ。

おはぎが入ったリュックを背負って、逃げるように歩いた。顔を上げると、

「海の滋養をたっぷり宿し、甘く濃厚な味わい」

と書かれた牡蠣《かき》の大きなポスターが目に入った。あわてて顔をそむけると、サイネージに映し出された、

「米どころ宮城の良質な稲わら、水ではぐくむ最高ランク」

の文字が目に入る。さらに続いて出てきた画像は仙台牛！

父方の祖母は幼いころのいっときを仙台ですごしたと聞いた。好きな食べ物はいろ

いろあった人だけど、お菓子で一番好きなのは、そうだ、ゆべしだ。祖母はお麩も大好きだった。仙台には仙台麩という油麩がある。

今日はひとりで来た。誰も連れていないし、予定も自分で決めただけで、誰とも共有していない。

私は自由で、私は孤独で、私は誰にも規定されないまっさらな人間なのだった。

新幹線に乗り、静かに袋から伊達の牛たん本舗の牛たん弁当を取り出した。天よ。私は仙台まで行っておはぎだけを買うことは、できませんでした。

もう何年も前になるけれど、出張で仙台に来た際に仕事をご一緒した地元の方に「お弁当を買うなら伊達の牛たん本舗が間違いないですよ」と教えていただいたのを思い出したのだった。このお弁当は、6きれの牛たんのすべてを塩味または味噌味にするか、ミックスして両方味わうかが選べる。いろんな味をいろいろ味わいたい私の卑しさを見透かされたようだ。当然ミックスを選んだ。

塩味はきりっとして牛たんのやわらかさすらも引き立て、味噌味はマイルドに牛たん本来の味わいを引き立てる。

新幹線に乗る3分前には、やっぱり無視することがどうしてもできず、ホームのキオスクで萩の月も買った。

悪いのが私ではなく仙台駅であることは間違いない。自分の身の潔白は自分が一番よく分かっている。仙台の地肩の強さがただとにかくすごいと、そういうことでしかない。

牛たん弁当は、麦飯も一粒残らずおいしかった。食べて負けたように寝た。

おはぎのことは大好きだけど

まさかの展開だ。新幹線が東京に到着せんというところで目を覚まして我がことながら驚いた。なんで牛たん弁当の弁当がらをぶら下げているのか私は。肩を落とし、けれど笑いながら帰ってきた。

大切に持ち帰ったおはぎは家族と食べた。やはりきなこ味にせよ、あんこにせよ、ご飯が特長的においしい。ごまと同様に、きなこもあんこもキレのある甘じょっぱさで、郷土の手作り感が混沌《こんとん》として研ぎ澄まされている。

美しい食べ物なんていくらでもある。ケーキやパフェなど、甘いものはきれいに飾られているものが多くあって精力的に輝きをふりまく。

けれどどうだろう、おはぎといったらどでんと重心低く、美を概念まるごと信用していないようなたたずまいだ。つるんとしたこしあんのおはぎならまだすました品性の可能性を残しているけれど、さいちのおはぎは、ごつごつしてまるで見た目に構うようすがない。そこにここまで価値を宿せるものか。

売り場ではやはりあんこがメイン展開のようだったけど、ごまときなこのおはぎを、あんこを入れずにここまでおいしく作れるのがさいちの強さを裏付けるように感じた。大量のごまときなこが使われており、どう食べてもまぶされた粉が残る。こんなにおいしいのになんとかしないのはもったいなくって、普通の白飯を丸めてそこにまぶして疑似おはぎをこしらえて食べ切った。

しかし、まさか好きな食べ物を探すという行為に、街が土地の持つ名物をもってして翻弄してくるとは。

仙台駅で名物が次から次へとおそってくるあの体験は、実際に行ってみなければわからない種類の愉快な恐ろしさだった。

おはぎのことは大好きだ。憧れのさいちに行っておはぎを大切に買って食べたことはきっと一生忘れない。

けれど、つい私は牛たん弁当を買ってしまった（萩の月も翌日食べた。うまい）。

好きな食べ物として、甘いものは分が悪い

その晩、明かりを消した部屋で体を重く布団に沈ませながら、まだ目は開けたまま天井を見つめて考えた。

私が牛たん弁当を買ってしまったのは、極上の名物だからであると同時に、それが甘いもの、つまりおやつではなく食事のメニューだったからじゃないか。

結局私はお腹がすいて、新幹線でお弁当が食べたくなっちゃったのだ。なんてことだ。

甘いものが好きだから、好きな食べ物もチーズケーキからおはぎへと、甘いものに

目くばせしてきたけれど、結局、食べたさ、食欲で人を負かせるのは、食事なんじゃないか。

そうして思いが至るのが、

「お寿司ってどうなんだろう」だった。

好きな食べ物ランキングというのを見たことがある。どんな根拠のデータだったかは忘れてしまったのだけど、堂々の1位が寿司だった。

「好きな食べ物は、お寿司です」

あまりに当たり前で、「空気を吸って生きてます」くらい、何も言っていないようにも思えてしまう。それで、あえて言えずに避けていたところもある。けれど、今晩はちょっと良い店でお寿司を食べようと決めれば朝から頑張れるし、疲れてたどりついた最寄り駅の近くのスーパーで、お弁当を買おうとして寿司のパックが3割引きだったりしたら一気に元気になる。つまり、好きだ、それは。

好きを探す旅は振り出しに戻った。戻ったからこそ、好きな食べ物ランキングの1位である寿司を探るのは、今かもしれない。

STEP
2

血に聞き、形から入る

血が魚好き

母の実家が、東京の都心で魚屋をやっていた。一般的な魚屋ではなく、卸しに近い、配達がメインの商売だ。長靴で歩き回る土間のような店舗には大きな水槽が両端と真ん中に重ねて置かれ、店の奥には靴を脱いで上がる板張りの事務スペースがあって、窓ガラス越しに店が見えるようになっている。店頭に向かって事務机が3台並び、よく祖母が座って帳面をつけていた。

遊びに行くと、焼いたぶりを食べさせてもらうことが多かった。切り身を塩で焼いて、醤油をかけた大根おろしと一緒に食べる。親戚が集まると大皿でまぐろの赤身が出た。大人は酒を飲みながら、子どもは白いご飯にのせてどんどん食べた。

離れて暮らす私たち家族の家にも魚類の物資は定期的に届いていたようだ。子どもの頃はやたらに鮭を食べた。あと、たらこ。

祖父母や店で働く魚屋の人々からはとくべつ「魚が好きだ」と聞いたことはない。けれど、あの店の誰もが商いに対して愛と誇りを持っているように見えた。みんな機嫌よくてきぱき働いていた。とくに祖母は魚屋の仕事が大好きで、亡くなったときに伯父が弔辞で「商売ほど面白いものはないと、母はよく言っていました」と読みあげたときはみんな泣いた。

そんなわけだから、私も血の時点ですでにそれなりに魚は好きでもおかしくない。魚に対し、ベースの部分で素養がある。握り寿司は食べ物としてあまりにも人気すぎて、好物とわざわざ言うなんてと距離を置いてしまっていたけれど、考えてみれば筋道はぴかぴかに舗装されているとも言える。

母方の祖父と父方の祖父、それぞれの寿司

祖母はなにしろ商いが好きだったが、魚を食べることについては、もしかしたら祖父の方が好きだったかもしれない。寿司は祖父の好物で、よく出前をとった。魚屋は刺し盛りは作れても寿司は握れないから、祖父母の家でも寿司は懇意の寿司屋が樽をかついでやってきた。

ある日、いとこ勢も来て子どもが多く集まった日、子ども向けにひと樽まるごと、

わさび抜きのお寿司を親の誰かが取った。それに気づいた祖父が、ちょっとでいいからわさびをつけろと、子どもたちに熱心にすすめてきたのを覚えている。

祖父は遊びと祭りの好きな人だ。全体的に適当で、だからわさび入りの寿司こそ寿司であると、それだけは譲らないようすで言って迫った態度は珍しく説得力があった。母方の祖父がわさびにこだわりを見せるいっぽう、父方の祖父もまた独特な寿司へのこだわりを私に見せた。

中学生くらいのころ、学校が休みの日に妹と一緒に祖父母の家に遊びに行くと、今日は寿司でも食べに行こうかと、行きつけのお店に連れて行ってくれた。

広い、ロの字のカウンターと座敷のあるお店で、祖父は人数にかかわらず必ず座敷を選んだ。

注文は毎回決まって茶碗蒸しと、寿司げた1台分の中とろと、穴子、それにみそ汁。中とろと穴子だけ頼むのが、祖父の寿司の食べ方だった。

私も妹も、そういうものだと思って他に何か食べたいと言ってみたり、なぜ中とろと穴子だけをとたずねることもなかった。一緒に来る祖母もこの注文で満足のようすで、とにかく、そういうことになっていた。

子どもは大人の自信に弱い。大人がこうだと言えば、いやそうじゃないと思うより先に「へぇ〜」がくる。「そうなのか〜」だ。

それになにしろ、このお寿司屋の中とろと穴子はおいしかった。どちらもやわらかく口でとけるようにほぐれる。祖父はお酒を飲まない。その分甘いものが好きだった。寿司にも、解りやすく甘さややわらかさを求めていたのだと思う。

茶碗蒸しもとても丁寧で品があって、1枚入っているかまぼこの味が優しい味のなかで突如パンチを持って舌に迫り驚くほど。みそ汁は出汁をとった海老の頭がそのまま入っていて、いつも私はこっそりくわえて吸った。祖父の不動のセレクトの妙が、この店ではいつも光った。

祖父はお寿司屋のあとに喫茶店に連れて行ってくれた。孫たちにしきりにデザートのケーキをすすめ、自分はコーヒーを頼む。祖母が、本当はおじいちゃまがケーキを食べたいのよ、子どもたちが食べたら、仕方ないから私も食べようかって言えるから、といつか教えてくれた。お寿司でお腹がいっぱいで、私はいちどもケーキまでたどりついたことはない。祖父を喜ばせることはできなかった。

祖父は軍人で、父によるととても厳しい父親だったそうだ。とにかくせっかちで、電車では座っていても降りるひと駅前から立って下車の準備をした。段取りが得意で強いリーダーシップを持って人をまとめる。筆まめで、手先が器用で、孫にはとことん優しかった。

模範的、規範的な印象が強かったけれど、こうして思い出すと寿司を食べたあとケーキを食べようとは食に対してなかなかクリエイティブだ。どこかで自由な人だったのかもしれない。あのころ、祖父はもう70代に入っていたはずだ。健啖《けんたん》でもある。

血筋からの魚好きというプライド、それに祖父たちとの思い出を携えて、「好きな食べ物はお寿司です」と、私は声高に叫べるだろうか。そのことばに本気の手ざわりが、ちゃんとあるか。

一度あらためて食べて確かめねばならない。

寿司を食べるつもりが食欲を見学する

向かったのは築地だ。大人になってから、母方の祖父が2回連れて行ってくれた店があって、そこはさほど高級ではないけれど、それなりにちょっとシュッとしたお寿司屋らしい雰囲気のあるチェーンの店だった。デパートのレストラン街なんかによく入っている。ランチの握りのセットが１５００円くらいで、お好みで食べても10貫程度でちゃんと切り上げれば恐ろしい値段にはならないタイプのお店だ。久しぶりに、ひとりで行ってみることにした。

都内に何店舗かあるようなのだけど、祖父と一緒に行った店はなくなってしまっていた。ならば本店のある築地にと、お昼時は混むだろうから開店早々を狙って10時に着くように出かけたのだ。

大行列なんである。

観光客で築地は今ものすごいとは聞いていたけれど、ここまでとは思わなかった。だって10時だ。朝の。

行列は寿司屋の前だけじゃない。ラーメン屋、牛丼屋、おいなりさん屋、おにぎり屋、卵焼きも、たこせんべいも、ソフトクリーム、いか焼きも行列だ。あらゆる屋が大混雑している。

すべての店に余すことなく人がいて、出される何もかもが人々によって食べられている。たくさんの人がやってきて胃がたくさんある状態なのだからそうもなろう。けれど、なにしろどこを見ても誰かが何かを食べているから、そんなにたくさん物って食べられるっけと信じられず狼狽《ろうばい》する。いるだけで胃の数の足りなさに打ちひしがれる。

大きく「600円」とだけ書いたボードを首からさげた店員さんが立つ店を見るに至っては、もう何を食べるとかじゃなくなっていることに笑ってしまった。

寿司が好きかどうかを確かめにきて、こんなようすを見学することになるとは。私が築地の現状を知らなかっただけとはいえ、足を運んではじめて出くわす現実の豊潤さに惑わされるしかない。靴紐がほどけてしゃがんだら、眼前は隙間なく誰かの素足だった。

立ち上がって私は去った。10時に寿司だと思ってやってきたから、お腹がすいている。牛丼やラーメンが食べたくなる前にとにかく逃げねば。こっちは仙台駅ですっかりおいしそうなものたちに追いかけられて混乱することは経験済みなのだ。

結局数駅離れた、観光の手が築地ほどは及んでいない街の同じチェーンの店舗に照準を合わせなおして移動して、11時にオープンするなり入店しカウンターに座ることができた。築地の店舗に並んでいた方を、数名だったらお連れできたなと思った。

寿司を好きな食べ物とすることへの躊躇の理由がわかった

商業施設のレストラン街のテナントであるこの店は、店頭も店内もいかにも江戸前のお寿司屋風にきれいにしつらえてある。店内は明るく、カウンターもびしっとしてシンプルで直線的だ。メニューに並んだランチセットに目くばせしていると、職人さんが「お好みでも大丈夫ですよ」と声をかけてくれた。

お好みか、それともセットされたメニューから選ぶか。

自力でコースを作って走らせる自信はない。旬の魚のことを私はまるで知らない。とはいえ、目の前に職人さんがいるのにセットのメニューにするのももったいない。

4月の中旬、今何がおいしいでしょうと聞いたところ、貝と、光物ならサヨリが入っていますと言う。

何貫くらい召し上がりますかと聞かれて、10貫お願いします。海老は入れてくださいと頼んだ。「海老は生のと、茹でたのどっちにしましょうね」「生がいいです。あと、すみません3000円くらいにおさまると助かるのですが、できますか」「もちろんできますよ！」

優しい職人さんのおかげで、スムーズにおまかせで握ってもらう流れになった。寿司屋の気分、これだ。カウンターであれ、回転寿司であれ、寿司には食べることに独特のエンタメ性がある。

職人さんのお仕事は丁寧で、1貫出したところで大きさ大丈夫ですかと聞いてくれた。驚くべきことにこれがドンピシャで好みだった。そうお伝えすると、だろうと思いましたとのことでしびれる。醤油は刷毛で塗っておいてくれるから、あとはもう、出された通りに口に運ぶだけだ。

食べたのは、鯛の昆布締め、マグロ、春子鯛《かすごだい》、トリガイ、カツオ、サヨリ、海老、いくらの軍艦、ホタルイカの軍艦、穴子。

全集中であった。状況的に、絶対に雑には食べない。ひとりでカウンターで寿司をつまむと、どうしようもなく味に集中することになる。職人さんはじゃまにならない程度に他愛ない話を振ってくれるけれど、同時に放っておいてもくれる。隣にすっとお客がやってきて、この方はセットメニューを頼んで静かに食べ進めた。こんな平日の11時がある。

ひとつひとつ、味わいを能動的につかんで確かめる。噛んだいくらのはじける瞬間の甘さを、ここまで豊かに受け止めたのははじめてだ。生々しく甘い。

次々現れるさまざまなネタの背が、明かりを美しく反射する。きらめきを、眼球で吸うみたいに見てから口に運んだ。約束された幸せが領域展開する。うわあ。なんだかちょっと、感動して身震いがして、適温の店内で汗がとまらなかった。

どのお寿司にも驚きがある。ひとくちひとくちの味が丁寧に違うことの贅沢さは、寿司をただ「寿司」と呼んだときに覆い隠される。

まぐろがあって、鯛があって、海老がある。

ああ、そうか。寿司というのはひとつの料理であって、ひとつの料理じゃないのか。1貫ごとに、当然だけれど味があまりに違う。10貫を食べて、味そのもののバラエティの豊かさにあらためて驚いた。ひとつひとつがほとんど別の料理なんだ。

ホール担当の店員さんが、カウンターの職人さんに「今日って芽ねぎありますか」と聞いた。芽ねぎの寿司って、あるな！　叔母が好きで一緒にお寿司屋に行くと絶対に頼んでいたやつだ。束ねた細いネギを海苔のベルトでシャリに巻きつける。あんなふうにネギを食べることはなかなかない。独特の食べ物だ。寿司といわれる食べ物の守備範囲は相当に広い。

寿司を好物として挙げるとき「玉子のお寿司」とか「中とろの握り」のようにネタを限定する声を、そういえばよく聞く。

「好きな食べ物はお寿司です」と私がどうしても言えないのは、人気のメニューすぎるからというだけじゃなかった。食べ物としてあまりに多様だからだ。ひとつひとつの違い、その手に負えなさにどうしても躊躇《ちゅうちょ》するんだ。今やっと理解した。

そうしてあらためて思い至るのが、祖父たちの寿司の愛し方だ。

父方の祖父、尚は、中とろと穴子の寿司がとにかく好きだった。そうと決めてまい進した。

母方の祖父、佳人は、魚を商ううえで魚の知識が豊富で、寿司という食文化にある程度きちっと精通していた。きっぷのいい、喧嘩っ早い、4代続く江戸っ子だった。江戸前の握り寿司のことを全身で面白がって、好きでいたから、子どもにだってわさび入りで食べさせたかったのだ。

そこにあるのは迷いのない強い愛だ。

わなわなした。全部おいしかったし、ひとりでカウンターに座って昼から3000円のお寿司を食べる気分は最高だ。

嫌なことがあったときにするアクティビティリストの上位に組み込もう。私の今後の人生はあからさまに豊かになった。

母の好物、それは酢飯

寿司を好きな食べ物として宣言するのは、私には手に負えないことである。それがよく解った。寿司を手放すことになった私の好きは、またしても宙にぼんやりと浮いて頼りない。こうしているあいだにも、またいつ「好きな食べ物はなんですか」と聞かれるか分からない。どうしよう。

それで思い出したのが、母のことだ。

母とふたりで、いつか旅先で街の小さな寿司屋に入ったことがあった。お好みであれこれ好きに頼んで握ってもらったのだったと思う。母は日本酒を飲みながら、カウンターにのった茹でたきぬかつぎも小皿に盛ってもらって塩で食べた。母は祖父の教えがあってか寿司屋に慣れており、気負わずこういうことをする。

このとき店を出た直後だった。母がこう言った。

「酢飯って本当においしいよね」

衝撃だった。酢飯。

母は魚屋の娘だ。それが、刺身のことをなんだと思っているのか。寿司の主役はネタだとばかり思っていたから、そんなこと言っていいんだと新鮮に驚いた。

ただ実は、なんとなくそんな気もしてはいたのだ。酢飯は、おいしい。

噛めば甘いご飯を、わざわざ三杯酢でしっかり甘く味付けし、お酢を効かせてさっぱりさせる。人間を甘やかす味にとことんご飯を寄せ切ってくる。

思えば実家でも、今の家でも、手巻き寿司をしたときに巻くものがなくなったとして、酢飯さえ残っていれば家族の全員が黙って海苔で巻いて食べ続ける。

寿司職人の世界ではシャリをいかにうまく炊きあげるかも腕の見せどころのひとつと聞く。魅力の根源をネタにとらわれていては寿司を食べるうえで足をすくわれる。

酢飯を好きだという母の主張は案外本質なのかもしれない。

そうして、そこにきらめく真実は、「ご飯が食べたい」という願いではないか。それも、味のついたご飯を。


オムライスのことを考えていた。

カウンターでお寿司を静かに大切にいただきながら、その1貫ごとの味の違いにあらためて気づかされ戦慄したとき、切れかけの蛍光灯がばちばちまたたいてブーンと消える、その瞬間くらいの短さとまぶしさで、オムライスの残像のようなものが頭をよぎった。

なんでオムライスのことなんか思い出したのだろうと不思議だったが、酢飯が味のついたご飯であるのと同じく、オムライスに使われるチキンライスもまた、味のついたご飯だ。

母は酢飯が好きと言った。

私も酢飯は好きだけど、味のついたご飯だったらチキンライスの方が好きだ。そしてチキンライスを食べるなら卵に包まれていた方がいい。

もともとオムライスは大好きだし、好きな食べ物としてもこれ以上なくおさまりがいいように感じる。好きな食べ物を探す旅、次はオムライスを試してみるのはどうだろう。

安易だろうか。でも、決まり切らず不安定な情緒を携えて、次々食べることで見えてくるものもあるかもしれない。

下手でもおいしいオムライス

うまくいったオムライスを久しぶりに見た。

「あっ！」と声が出て、「あああ」と恐ろしくなった。

私は料理が苦手で、実はあまり好きじゃない。元来のせっかちな性格が、料理という活動の持つ要素のひとつひとつにていねいに反発するからだと思う。

食材を見極めて買い、きれいに洗って、均一に切って、調味料を量って混ぜて、あ

れをして、これをして、全部まどろっこしい。できればとにかくすぐに食べたい。

早く作って早く食卓へと急く気持ちをなだめてする料理は、最低限のことだけやって最短距離で完成にリーチする簡単なものや時短レシピに集約される。料理が好きだったり、苦ではない人にこのことを聞かせると驚かれるのだけど、そういう仕方のない私ともどうか仲良くしてほしい。

日々の料理は、近頃はミールキットというものにずいぶん助けられている。私が使っているのは週に一度宅配してくれる生協が扱うものだ。

ありがたいことに、カット済みの肉や魚、野菜と調味料がまとめられていて、火にかけさえすれば食べられる。レシピを探して、食材を購入し、洗って、切る。ここまでの手間をばっさり引き受けてくれるわけだ。その分割高ではあるけれど、お総菜を買うより安いし、味の濃さを調味料の量で好みに調節できるのもいい。

週の半分はミールキットでおかずを作って、残りの半分は頑張って根性でなんとかする食卓がルーチン化して、もう3年は経つ。

その、根性でなんとかする残りの半分の日に、たまにオムライスを作る。

これが驚くほどに失敗するんである。

採用しているのは、いつか友人に教えてもらった炊飯器で炊くチキンライスに、ただ溶いて薄く焼いた卵をかぶせるというもの。

まず炊飯器のチキンライスが毎度うまく炊けない。うっすらご飯に芯が残り、そのうえ味はぼんやり締まらない。

教えてくれた友人は上手に炊けているというから、私の家の炊飯器が絶妙に仕事をしあぐねているのだろう。卵も理想なく散漫に焼いているだけで、かぴかぴぺらぺらしている。上からは雑にケチャップをかける。

ここが説明の難しいところなのだけど、私も、そして家族も、そんなオムライスを「それでもおいしい」と思っている。失敗しているのは分かっている。でもそれでいいという状況が長く続いている。

料理にはおいしさを達成するためのハードルの高さがそれぞれ設定されていて、たとえばレシピが簡単で誰が作ってもおいしくできる牛丼なんかはハードルが低い。もちろん頑張れば頑張るほどおいしくできるけれど、手をかけなくても作り慣れていなくても、それなりの味にはなる。

使っている素材自体がそもそも基本的に舌に対してフレンドリーな料理もハードルは低くて、卵焼きなんかがそうだ。卵と砂糖と塩だから、形が崩れていたり、焼き加減を誤ったりしても、「それなりにおいしい」ところへ着地しやすい。

オムライスは不思議で、ある程度ちゃんと作業しないと失敗するし、おいしくもできない。けれど、それでもなお、人においしいと思わせてしまう、天性のハードルの低さを誇る料理だと思う。

おそらくこれは、見た目がキャッチーだからではないか。

赤いご飯が黄色い卵で覆われて、上からさらに真っ赤なケチャップがこぼれる。もうそれでいい、じゅうぶん幸せになる。

私たち家族が、せっかちな気性でもぎりぎり作れるあの、失敗したチキンライスに愛想のない卵をかぶせて雑にケチャップをかけたオムライスを豊かな気持ちで受け入れ、和やかに食べて暮らしてきたのもオムライスの元来持つおいしいと思わせる力、おいしさ達成のハードルの低さのおかげだ。オムライスだからこそ、失敗し続けても許されているわけだ。

他の料理ではこうはいかない。カレーライスのご飯に芯があったらしょげるし、せっかくのステーキがぱさぱさだったらさみしい。オムライスだから、チキンライスの味が決まらなくても、卵がぱさぱさでも、オムライスだもの！　と私たち家族は明るかったのだ。

もしかしたらオムライスのことを好きかもしれないと目くばせしたのは、その包容力にほだされてのことだったのかもしれない。

オムライスへの気持ちをあきらかにするためにも、ちゃんとおいしいオムライスを作ってそのおいしさに対してあらためてちゃんと、おいしいと言いたい。

思いをたぎらせ、元来のせっかちをおしのけて試したのが小田真規子さんのレシピ「美形オムライス」だった。

うまくいったオムライスを久しぶりに見た。

「あっ！」と声が出て、「あああ」と恐ろしくなった。

「なんで今までやらなかったんだ」を感じ続ける、それが人生

行きがかり上、本当にとんでもない無礼を言うが、私はレシピに驚くほど興味が持てない。書いてあることが分量と工程であり、面倒を概念化したもののように感じる。作りはじめると段取りをこなすことが愉快になるし、できあがればおいしいうえにうれしいことも分かっているのだ。ただ、どうしても手にとったときには畏れの感情が湧いてしまう。小田さんのレシピはシンプルで難しいことは何も書いていない。それでも最初はやっぱりまぶしかった。

作ったら、簡単にフライパンのなかにうまくいった香ばしいチキンライスが表出したからいよいよぞっとした。

なぜこれしきのことを私は今までやってこられなかったのか。

もちろん、このすばらしいレシピを知らなかったから仕方がなかった、というのはひとつある。それにしても、炊飯器で炊くことにしがみついていたのはなんだったんだろう。

具もご飯も、焼き付けながら火を通し、ケチャップはフライパンの中央で一度煮立たせるところに素人には考えつかない冴えた工夫を感じる。ご飯と混ぜたあとも焼き付けて炒めて香ばしさを出す。上手なチキンライスが目の前で輝く。卵もレシピ通りに作ってふわふわでとろとろの状態でチキンライスを包むことができた。

そうして待ち切れずに早速食べると、そりゃもうおいしいのだ。焼けた卵は内側にちゃんとしっかりとろとろの部分が残っている。しっとりして玉ねぎの甘みの引き立つチキンライスとからむ。鶏肉もやわらかくジューシーだ。

こんなものを私が作れるわけがなく、自分で作ったのに自分で作ったものの気が一切しないのが可笑しい。

生きていると、料理だけじゃなく、もう何もかもが「なんで今までやらなかったんだ」ばかりだ。年月を超えてやっていくというのは、これまでのうかつさを恥じ続けることなのかもしれない。世にある作りやすいと評判のレシピは、少しずつちゃんと試そうと思わされた。

思えば私は好きな食べ物が分からないし、得意料理もない。

好きな食べ物としてオムライスを宣言する前に、このまま月に1回くらいずつ作って熟練したら、得意料理はオムライスですと言えてしまうかもしれない未来が急激に輝き出してしまった。

ひゅっと背筋が伸びた。それはむちゃくちゃかわいいではないか。

美形オムライス

《材料》

ケチャップライス（2人分）

鶏もも肉…100g

塩、こしょう…各少々

玉ねぎ…1／4個（50g）

マッシュルーム（缶）…4個（30g）

サラダ油…小さじ1

ごはん…茶碗1.5杯分（300g）

ケチャップ…大さじ5～6

《作り方》

①鶏肉は1.5cm角に切り、塩、こしょうを振る。玉ねぎは1cm角に切る。

②フライパンに油を中火で熱し、①とマッシュルームを入れる。2分焼きつけ、1分炒める。

③中央をあけて、ごはんを入れ、2分焼きつけ上下を返す。中央をあけて、ケチャップを入れて煮立たせたら、全体をまんべんな

オムレツ部分（1人分）
卵…2個
A　マヨネーズ…大さじ1
　　塩、こしょう…各少々
サラダ油…小さじ2

く混ぜながら炒める。
焼きつけて炒めるのをくり返すと、香ばしくなる。
④③をバットなどにあけ、フライパンをサッと洗い、1人分ずつ卵を焼く。卵を箸で10回ほどほぐし、Aを加え30回ほどほぐす。
⑤フライパンに油を中火で3分ほどよく熱し、上から卵を一気に注ぐ。すぐにゴムべらで大きく15回ほど混ぜる。
⑥卵を円形にまとめ、そこへ③のごはん半量分をのせて火を止める。ごはんに卵を寄せるようにかぶせ、フライパンの奥に寄せる。返してお皿に盛り、形を整える。

（出典『この「ほめ言葉」が聞こえるレシピ』小田真規子著、文響社刊）

オムライスを食べることは約束を果たすことに似ている

オムライスは見た目がキャッチーであるところに食べ物としての大きなアイデンティティがある。しずる感が強いということではなく、極めて記号的だという意味でだ。

その圧倒的な絵に描きやすさ。下手に作ってもおいしく感じられてしまうのは、下手に描いてもオムライスだとだいたい分かる、ということに近い。小田さんのレシピには「美形オムライス」と名前がついており、ネットではオムライスについて「美人」という褒め言葉が使われているのをよく見る。

自作で気をよくし、もうひと声オムライスのいいところが見てみたくて駆け込んだのが、老舗《しにせ》の洋食屋だ。洋食全般を得意としながらも絶対名物としてオムライスが君臨する有名店である。記号としてのオムライスが食べたい。

オーダーすると、それはもう当たり前でしかないのだけど、本当に出てきた。丸い白いお皿の真ん中に、料理として作ったのではなく上手な人が描いた絵のようなオムライスがのっている。添えられたちょっとのクレソンも絵らしさにすっかり貢献し、冗談みたいだ。

ここまで完璧に「らしさ」をなぞってくれるものか。イメージの踏襲がサービスとして機能している。絵みたいにちゃんとしたオムライスを提供する強い意思のもとに生み出されているとしか思えない。様式美を味としてこんなに噛み締めることもないんじゃないか。

スプーンを入れると、やわらかい。ほぐれて湿度を感じるチキンライスが出てくる。きれいな皮のように思われたオムレツも、内部は半熟にとろけて、いっきに食べ物としての有機性が表れてなまめかしい。

食べ物に対して、これは食べ物だと驚く稀有《けう》さよ。

テレビで、本物のグローブとマジパンで作ったグローブを並べて、タレントさんがマジパンだと予想した方にかぶりつく、みたいな企画を見たことがある。そういう手のかかったエンターテインメントが普通の食事のメニューとしてしれっとここにある。

グローブみたいなのにマジパンであるのが面白いのと同じように、オムライスがオムライスだというのが面白い。ずっと興奮してしまう。

もちろん面白がるだけじゃなく、味わいも十分堪能した。

オムライスは見た目と味で、自分がオムライスであることを人に強く約束しているんだろう。だからオムライスを食べると、約束が果たされて安心する。ここにあるのは、安堵だ。

放心して帰る。気持ちが盛り上がりすぎて疲れて電車の空いた席に座ろうとして、隣に座った人のかばんに小さなオムライスのフィギュアのストラップがぶら下がっているのに気がついた。

STEP

3

フェティッシュを爆発させてみたい

フェティッシュとして好きな食べ物を語る

今度から好きな食べ物を聞かれたら「鍋のあとのうどん」って言おう。

作家の柴崎友香さんによる日記風エッセイ『よう知らんけど日記』(京阪神エルマガジン社 2013年 102ページ)に、こんな一文があった。雑誌の『dancyu』の2012年1月号の表紙「鍋の感動は〆にあり！」を見た流れでのひらめきとして書かれたものだ。

柴崎さんは冬になったら毎日鍋でもいいというほどの鍋好きらしく、しかもそれを、あとでうどんを入れるためにやっているようなもの、と書いている。

好きな食べ物のアンサーとして、お手本のようではないか。この文章を読んで、好きな食べ物がオムライスというのはやっぱりちょっと違うんじゃないかと思えてきた。「鍋のあとのうどん」は、おいしい。まず共感が強い。そうしてそのあとでちょっとした「そうきたか」「それがあったか」との意外性がしみじみ感じられる。

「うどん」ではなく、「鍋のあとのうどん」であるところに、語り手がおおらかでありながら雑には生きていない雰囲気が立ち上がって、答えとして立体的だ。うまい、面白い、とっかかりのあるピックアップで、うなった。

好きな食べ物を聞かれたときに、こだわりよりももう少し深く斜めに自分を暴いて答える、フェティッシュを語るような回答をすることに、思えばずっと憧れがある。アボカドだったら「熟れたアボカド」くらい言ってもいいし、チーズケーキだったら「レアチーズケーキの土台のところ」くらいまで狭めることで回答にゆるぎなさと頼もしさが感じられる。

私はせっかちなたちで、食事に関してもできるだけ待たずにすぐに食べたいという気持ちが根底にある。温かくして食べるべきものを、温めずに冷えたまま食べても平気な性質があって、かつてはむしろ積極的に冷めたまま食べるのを好きと広く公言していたアナーキーなところがあった。

パーティーの翌日に残った冷めてへにょへにょのフライドポテトとか、香ばしさがなくしょっぱさの際立った衣と冷たい肉汁がだらしない唐揚げ、チーズが固まって生地から乖離《かいり》したピザ。そこには独特のおいしさがある。

今ではほんのすこし心に余裕ができて、時間があったら温めて食べた方が、やっぱりおいしいなと思い直したところだけど、当時周囲に同じような好みがないか聞いたところ、続々と手が挙がったのは忘れられない。

「伸びたうどん」が好き、「湿気らせたスナック菓子」が好き、「乾いて固くなったグミ」が好きという声が次々と寄せられて、そういう悪食的なフェティシズムは案外誰もが持つもののように感じる。

ここではないどこかとしてのパンの耳

それで思い出したのがパンの耳だ。私はかつて、真剣にパンの耳を食べていたことがあった。

20代の終わりのころ、住んでいた街の小さなパン屋が大袋で安く売っていた。4斤分の金型から出した食パンを詰めるくらいの長い袋にいっぱいに入ってただみたいな金額で売られていた。みつけたら必ず買ってどんどん食べた。最初は節約のためだったけれど、切れ端をこれで十分とおいしく食べるさまに胸がすくというか、食事を攻略しているような興奮があった。

食パンの4辺をカットした棒状の耳だけじゃなく、平べったく薄く切られた正方形の側面も入っていたのがよかった。そのままでジャムやバターを塗って食べたり、トーストしたり、揚げパンにしたり、なにしろ熱心に食べた。あのころだったら一番好きな食べ物として「パンの耳」を挙げて胸を張っていいくらい執心していた。

古いパン屋で、高齢のご夫婦が営んでいた。そのうち消えるように、気づけば閉店してしまった。以来近所にはパンの耳を売る店はなくなって、私の熱意もやむを得ず冷めていった。

今でもカステラの切り落としとか、割れせんべいとか、半端な部分は大好きだ。私だけではなく人間にはそもそもそういう性質があるらしい。B級品、訳あり品への人気がさばききれず、わざと訳あり的な品を作って売るケースもあるらしいから、まさにこれはフェティッシュの話なのだと思う。

同じように、魚のあらも好きでよく買う。ぶりのあら煮が、私はぶりの煮つけよりもずっと好きだ。

鍋のあとのうどんも、冷めたフライドポテトも、食パンの耳も、共通するのは、〝ここではないどこか性〟ではないか。

うどんではなく、フライドポテトではなく、食パンではないどこか。たどりついたからこそ尊い。

豊かさの塊、安いドーナツ

この〝どこか〟の気分は、安い品にもある。廉価品として広く手軽に売られる種類の食べ物だ。

安いドーナツが好きだ。

スーパーのパンコーナーの脇とか、お菓子コーナーの大袋の商品が並ぶあたりに積まれていることが多い。平べったい袋に個包装になって手のひらサイズのものが6個ほど入って200円くらいで買える、あれだ。ドーナツショップやベーカリーで売られるものとは違う独特の魅力がある。

安いドーナツ界には三大巨頭として、餡ドーナツ、直径が4～5センチほどのミニドーナツ、7～10センチくらいあるプレーンドーナツが存在する。ダイレクトに粉ものとしてのドーナツが感じられるから、ここではプレーンを推したい。

粉がみしっと詰まっているけれど、いわゆるオールドファッションよりは表面がやわらかい。食感はホロっとしながらギュムっとした噛みごたえもあって独特だ。砂糖はまぶされていないものが多い。

大袋から出すと、小袋のなかはすでに油で表面がしっとりしている。出してかじれば、いきなり油、砂糖、小麦粉がダイレクトに感じられる。全部の要素ががむしゃらにおのれの出せる力を全集中して発揮し、口内で暴れ散らかしながら、味のバランスを取って束ねるのはまさかの塩分だ。引き算はせず、足し算として塩が素材を取りまとめる。

大袋のドーナツというと、子どもが牛乳と一緒におやつに食べるものとしてのイメージから優しいもののように感じるかもしれない。体がカロリーを燃やしづらい燃費良すぎの大人の体内においてはそうはいかず、もはや刺激物のようだ。刺激的だといわれる食べ物が、辛いものやしびれるものだけではないことを安いドーナツは体で分からせてくれる。

まさに豊かさの塊。太っていることが健康的とされた時代の価値観が堂々として輝いてここでは健在だ。

そのまま食べるので十分力量は堪能し切れるのだけど、たわむれに温めて食べたときの味わいも安いドーナツは発揮する。

レンジで少しあたためると表面がファッファになる。フワフワではない、ファッファだ。こぼれるスポンジみたいに急にはかない。油が多いからか、はちゃめちゃに熱い。

フライパンで表面をあぶるように焼くのも面白い。焼いているうちに表面の油が熱せられ溶け出て、自らの油でもう一度揚がり出し、カリカリになる。

ひとつ食べると、中年の胃にはもう無理ですと頭を下げたくなるくらいの満腹感がやってくるのも恐ろしくて好きだ。

専門店のドーナツは香ばしさや味のバランス、食感などを計算しつくすからこうはいかない。繊細さを全部とっぱらった結果パンチだけが重くなったのが安いドーナツだ。

圧倒的な味の分かりやすさにひれ伏して、力の強さに憧れるように好きでいる。

私にとっての鍋のあとのうどんは、安いドーナッツなんじゃないか。

ただ、好きな食べ物はと聞かれて、安いドーナッツですと答える度胸はちょっとない。「お前などは安いドーナッツでも食べておけ」と、言葉は悪いが、あらかじめなめられている。

もし私が社長だったら、わしはこうして財に恵まれ何不自由なく暮らしておるが、実は貧しかった子どものころに月に一度だけ食べることができたスーパーの大袋のドーナッツが今も好きなんじゃと、逆張り的に言って社員らの涙を誘うことができるだろう。けれど私は社長でもおじいさんでもないのだった。好きな食べ物は「安いドーナッツです」と言ってはばからないのは、40代の若輩者にはまだ早い。

……と、このロジックで考えると、私のように後ろ盾のない者は、逆に多少は高価な食べ物を好きとして挙げておいた方がいいということではないか。

政界のドンだとかマスコミの大物にコネがあるといった、権力や財力の存在を背後にちらつかせる。背後を輝かせることで自身を大きく見せることができるなら、それなりの食べ物を背負っておくのは、根拠なくあいまいに世界をさまよう私のような者の生きざまには合っているかもしれない。

権力や財力を感じさせる食べ物。安いドーナツの対極にあるようなもの。それはなんだ。ブランド和牛のシャトーブリアンか。

論点はむしろどんどんずらしていくぞ。

好きな食べ物を探す旅を続けよう。

STEP

4

ラグジュアリーという鎧《よろい》を着て自分を強くしたい

高級料理は、味どころではない味がする

私という頼りない存在に背後から威光を与える、権力を感じさせる食べ物とは何か。ぱっと思いつくのはやはり高級食材を使った料理だろう。食材として、フォアグラ、キャビア、トリュフ、フカヒレなどを思いつく。食に一般的な気概しか持たない者には食べ慣れなすぎる品々だ。値段が高いのはお金さえ工面すればなんとかなるとしても、名前を並べて眺めたときに、単純に敷居が高いなあと思わされる。びびる。方向性を日本料理側へ向けると、アワビ、松茸、伊勢海老もこの一派か。名前を続々と挙げるだけで強者が結集するような、七人の侍的な趣がある。もう頼もしい。ただ、高級食材を思いつくままに奔放に書き出しながら気づいたことがあるのだ。しみじみと、誰かの結婚式っぽい。

何を食べてどのように暮らすか、それは金銭的理由はもちろん、健康に対する観念や価値観にも大きく左右される。多様な私たちの食体験を大きな共通認識でつなぐも

のとして、誰かの結婚式は、ある。

日ごろから贅沢を好む人も、事情や価値観から質素に生きる人も、披露宴の席に着く機会に恵まれればそこにはお祝いの料理が並ぶ。

右に挙げたどの食材も、私は結婚式の宴席で食べた。

そこでの食事はいい意味で食べることを主としない食事だ。主役はあくまでも今日結婚するふたりで、列席の私たちがやりたいことは料理を味わうことよりもずっと、彼らを祝うことにある。

どんな宴会場も、プライドを持ってお祝いの料理を出すだろう。高級な食材がしっかりとした腕前で手をかけて調理される。当然おいしいし、素晴らしい料理たちだ。けれどそれを上回るハピネスが目の前にはあるわけで、たとえばそれが友人の結婚式だとしたら上司だという人が友人の働きを褒める祝辞を述べて、友人の会ったことのない親族がテーブルまで挨拶に来てくれて、友人の結婚相手のお祖父さんとか叔母さんとか、普段だったら会うことができない、おそらく今後一生会うこともない薄い薄い間柄の人と一緒の空間で同じ幸せを、私は見つめている。

目の前に出てくる料理を、結婚という契約を見届けてうっとりしたり、はらはらしたり、涙ぐんだりしながらいただく。素晴らしい味はする。味どころではない味もする。

宴席ではなくちゃんとレストランに行って、料理を主役としていただけば結婚式で食べるもの的なイメージは一新されるだろう。しっかりと意思を持って高級料理と対峙することには大いに憧れる。ただ、高級料理を好きな食べ物として挙げるのであれば、何かもうちょっと結婚式的ではない、地に足のついた「今、この私が好きらしい」余地はあってもいいと思う。

身近かつ威厳のある料理、それは中華料理なんじゃないか説

子どものころ、親戚で集まってよく繁華街の中華料理店で宴会をした。父も母も東京生まれの東京育ちで、両家とも家があまり広くない。それで人が集まったときはみんなで外食する流れになったのだと思う。

はじまると、コースでどんどん料理が出てくる。くらげ、棒棒鶏《バンバンジー》、鴨の前菜、玉子

のスープ（親族の景気がいいときはフカヒレのスープだったこともあったかもしれない）、鳥とカシューナッツの炒めたやつ、青椒肉絲《チンジャオロースー》、帆立と青梗菜《チンゲンサイ》のクリーム煮、炒飯、それからひし形の杏仁豆腐、円卓の上の回転テーブルが回り続ける。

大人たちは紹興酒にざらめを入れて飲んで、大人同士で大人の話をする。父母は家庭で見る母や父とは違う、親族という一座の一員である大人の姿をしていた。祖父母も、おじいちゃん、おばあちゃんというより、この世界の父と母としての力強さでそこにいる。

体にぴったりの黒いベストを着て、女性はひっつめに、男性はなでつけて固めたヘアスタイルがばちっと決まった店員さんたちが忙しく立ち働く。親戚の誰かが冗談を言うと受けて答えて笑ってくれる。

この中華料理の宴会で食べた料理は、私にとって純度の高いごちそうとして記憶されている。それぞれの仕事から解放されて楽しむ大人たちに混ざり、子どもの私はなんの責任もない脇役として豪勢な料理にしっかり集中できたのかもしれない。

結婚式のように、幸せを見届ける役目もここにはない。私はきっと最大限自由だったのだろう。

中華料理には昭和50年代生まれの私にとってフランス料理と双璧をなす高級料理のイメージがある。残念ながらフランス料理は誰かの結婚式に参列するまで縁なく育ったけれど、中華料理はなじみ深い。
私と権威的な高級感をつなぐもの、それはきっと中華料理だ。

海老のチリソースがあぶり出た

うすうす気づいてはいたのだけど、タンパク質で言うと私はどうも海老が好きらしい。寿司の回、お寿司屋へ行っておまかせで握ってもらった際にこう書いている。

＞海老は入れてくださいと頼んだ。「海老は生のと、茹でたのどっちにしましょうね」「生がいいです」

さらに、もっと最初のうち、アボカドをさまよっていたころにも海老に言及している。

∨すすめられたミラノサンドBは「エビ・アボカド・サーモン～タルタルソース仕立て～」だった。即答で、「ぜひそれをください」とお願いした。

ごちそうとしての中華料理に懐かしさを感じており、さらに海老が好き。となると、おのずとあぶり出てくる料理、それは海老のチリソースではないか。実際、エビチリは、親戚の宴会で出て一番うれしかった料理だ。

海老のチリソースは、中国で食べられる中華料理ではなく、料理人の陳建民さんが四川料理の「乾焼蝦仁《カンシャオシャーレン》」を参考に日本向けにアレンジしたレシピと聞く。

建民さんが出店したお店は、氏の死後「料理の鉄人」で有名な息子の陳建一さんが継ぎ、さらに現在は三代目としてその息子である陳建太郎さんが継承している。グランドメニューにはもちろん今も燦然《さんぜん》と「エビのチリソース」が載る。

……食べてみたい。

あの店で食事がしたいと、そういう憧れを持つ素地のない人生だった。うすぼんやり、いい店でおいしいご飯を食べてみたいなあという願いは持っているものの、希望の解像度はあまりに荒く、茫漠《ぼうばく》として現実にむすびつかないまま。外食の必要があればこだわりなくチェーン店に飛び込んで生きてきた。

まさか私が「発祥の名店でエビチリを食べてみたいなあ」なんて思えるようになるとは。これが、店で料理が食べたい気持ちか。

AIが人間を学ぶ過程みたいなことが脳内で起きている。こんな機会もなかなかない。行こう。

エビチリのマザーコンピューターの導き

勇んで向かったエビチリ発祥のお店は、歴史があって評価もされているけれど、ドレスコードがあるような超高級店ではないことは事前につかんでいる。

エビのチリソースは3000円だ。ちゃんと高くて、でも飛びあがるほどではない。等身大かつ好きな料理かつ権威的だ。落としどころとしてまさか完璧な着地をしている。

昼時の店内は混んで活気があった。お客はがやがやして、店員さんは誰もがきびきび働く。私が抱く中華料理店の印象そのままだ。

ランチは数品から選べる料理とご飯とスープで1600円。その他に炒飯や麺類もある。それを差し置いて、店員さんにグランドメニューを出していただくようにお願いした。実は事前に昼でもランチセット以外のメニューがお願いできるか電話で聞いて、もちろんお出しできますと確認してあるのだ。

客単価1600円の時間帯にぬけぬけと3000円のメニューを頼もうとしている。こんな贅沢をする日が私にも来た。

すました顔してオーダーし食べてどうなったかというと、笑った。

概念としてのエビチリの味がまさにこれだ。覚えているすべてのエビチリの味がする。

いつかの親戚の宴会で食べたやつ、母がそれなりにちゃんと作ったやつ、安いチェーン店で食べた衣がぶあつくて海老の小さなやつ、冷凍食品のやつ、コンビニが本気で作ったと噂に聞いて食べたやつ、ビジネスホテルの朝食バイキングでなぜか出てきてうれしかったやつ。

人生のさまざまなフェーズで食べたエビチリというエビチリが、ぎゅーんと回収され1本の道に集約するかのようだ。エビチリのマザーコンピューターの導きを感じる。食べ進めるほどに味わいの輪郭の濃さにうならされた。「味がきまる」という表現があるが、まさに確定の味がする。ここに絶対の起源があるのだと、その味が口内で堂々としてゆるがない。

ぶりぶりと大きな海老が上の歯と下の歯のあいだではじけた。瞬間、海老の出汁がチリソースにからむ。誰がなんと言おうとこれはおいしい。

なんだか急に自信が出てきた。

きっとそれは、この料理が堂々とした濃い輪郭でもって私を守って、幸せを誰かに頼らなくてもいいと思わせてくれたからだ。

これを食べれば私はいつでも絶対うれしい。

「シェフを呼んでほしい」と思った。思ったあとに、この店だと下手すると本当に来てしまうかもしれない。冗談が冗談にならないことに気づいて吹き出す。

エビチリがエビチリになる前の姿

打ちのめされるように海老のチリソースの味が口のなかで確定した。と、同時に、こんなによく分からない料理も他にないのではと思う。海老は分かるのだけど、チリソースがなんなのか私は知らないのだった。

会社勤めをしていたころ、帰宅時間が偶然一緒になった同僚に晩のメニューをたずねると「エビチリかなあ」との答えで、口ぶりから、買って帰るのではなく帰って作るのだと分かったときは驚いた。

「古賀さんは？」と聞き返された私の答えは「鯖の塩焼き」だ。

このとき、帰宅後の私が鯖を焼くのだろうということは楽に推察できる。けれど、彼は？　帰って何をするんだろう。エビを用意することくらいしか分からない。あとは。ねぎや生姜、にんにくはきっと刻むだろう、でもそれから？

私は、エビチリをエビチリとしてしか知らない。エビチリになる前の姿がまったく分からない。

うっすら、ケチャップを使う噂は小耳に挟んだことがあって、それがいよいよ謎に拍車をかけている。だって、チリソースの点とケチャップの点は料理という魔法がうまく使えない私にはぜんぜん線でつながらない。


オムライスが好きかもしれないと思ったとき、自作することが好きな食べ物を宣言する覚悟の決め手になる手ごたえがあった。

エビのチリソースはまさにあの陳建一さんのレシピがＮＨＫの『きょうの料理』発のレシピとしてネットで無料で公開されている。もちろんお店で出てくるものを家庭向けに簡略化したものだろうけれど、読むと、うむ。ちゃんと難しい。記載の所要時間は20分。私が取り組んだら倍はかかるだろう。レシピの時点で、本当にケチャップをソースのベースとなるくらいたくさん使うことも分かった。

最後に卵を入れるのがケチャップ以上に驚きだ。店で食べながら、ソースのなかにふわふわとたなびくものが入っており、これはなんだろうと不明だった。あとで調べねばと思っていたが、あれは卵だったんだ。

　卵白を使う下味、水でのばす豆板醤、片栗粉でのとろみ付け、面倒が苦手な私がこれまでの料理人生で避けてきた工程という工程が立ちはだかるが、今日だけはとの思いで乗り越えたところに、自作のエビのチリソースは現れた。

　やればできるというのが嘘だと理解したのはいつだっただろう。やってもできないことが世の中には多かった。そのひとつが料理だったとも言えるのだけど、作るための時間を確保して、ゆっくりやったらできた。

　噛んだ海老が口のなかでぶるぶると震えてかみ砕かれて、私がケチャップから作ったソースが甘く辛く広がる。まろやかさの根拠が卵だと、食べながら今なら分かる。

「好きと言ってもいいですか」と、かつて人に聞いたことがあったのを思い出した。

　境界を超えるコミュニケーションはいつも霞みがかった空気のなかで手探りするようだ。相手に対して使うことが許されるかどうか自力では見分けがつかない言葉がたくさんある。少しでも傷つきたくない私たちは、それでも薄氷を踏むようにおそるおそる手をつなごうとする。

私は分かってしまった。食べ物くらいでも、好きと言うのには人を相手にするときのような不安な気持ちがある。人間のナイーブさは底知れない。

由緒あるお店で食べました。家に帰ってはじめて作りました。だから、好きと言ってもいいですか。偉そうに堂々として、私のうしろで光ってくれますか。

STEP 5

私よりも私を知っているひとたち

ここで突然ですが「こんぶ飴」の話をさせてください

こんぶ飴をご存じだろうか。

ご存じだろうかと振っておきながら、そうしてこれまで軽く10キロは体内に摂取しておきながら、私自身こんぶ飴がなんなのかうまく語れる気がせずつかみかねたままでいる。こんぶ飴は知って馴染んでなお謎の食べ物だ。

都こんぶのようなこんぶに調味料をまぶしたものではない。おしゃぶり昆布のように昆布を乾燥させたお菓子でもない。

こんぶ飴のトップメーカーである岐阜県の浪速製菓のホームページには、こんぶ飴のテーマソングらしき動画とその歌詞が掲載されている。歌い出しは「お餅のようでお餅でない」だ。

こんぶなのに「お餅のようでお餅でない」。どうです、分からないでしょう。ファンからすると、たとえとして餅を出すことによって余計分かりにくくしていないかともどかしくもなるが、噛むとたしかにもちっとする。

ざっくり言うと、ハイチュウやボンタンアメのようなソフトキャンディーの一種で、それよりやや固い。ハード系のグミから弾力を抜いたぬしっとした食感だ（なお、浪速製菓の商品にはやわらかい、ソフトタイプのこんぶ飴もある）。

ほんのり甘く、塩けがないのが特長だ。こんぶを、塩味なき場で食べるということはなかなかない。普段こんぶが置かれるのとは別の場所に、別の置き方で置いてみた食べ物、とでも言おうか。

浪速製菓のホームページには「北海道産天然昆布を水飴・砂糖等でじっくり練り込みました」とある。原材料は水飴、砂糖、でんぷん、昆布、以上。

もともと父方の祖母の好物で、祖母宅に居候してはじめてその存在を知った。おいしいわよと、ひとつもらって食べてはまった。

チョコレートやキャラメルのような脳に刺激がいくような甘さではない、ゆるくやわらかい甘さがかえってあとをひいて止まらなくなる。

ぎゅんと噛み締めたときの歯ごたえなくただ歯がめりこむ食感、そこからあふれるまさかの昆布の味わいが不明瞭で面白い。

祖母が楽しみに買ってきた一袋をつい夢中でむさぼり一瞬で胃に溶かした申し訳な

い思い出が私にはある。

自分に自分は見えづらい

自分がどういう人であるかを自分自身で見つめることは難しい。外見ですら、鏡を使わないと見えない。しかもそのとき鏡が映し出すのは左右が反転した状態の自分だ。いっぽう、人は容易に人を見ることができる。近くにいれば、全身見える。会話をすれば、ようすも伝わる。

だからこそ、他者からの承認はどうしたって力を持つ。

先日、あるイベントに参加したところ、以前一緒に働いていた上司がやってきて大袋のこんぶ飴を差し入れてくれたのだった。「はい、古賀さんが好きなこんぶ飴ですよ」と。

渡されたのはくだんの浪速製菓の商品で、おなじみのハードタイプのこんぶ飴と黒糖こんぶ飴の他、なかに梅ジャムと、はちみつレモンと、チョコレートが入ったソフトタイプの5種類のこんぶ飴が袋にぱんぱんに詰まっていた。パッケージには「超メガ得」と書いてある。

大好きだけど、こんぶ飴で「超メガ」までの得をしたいと思ったことはない。願ってもいない夢が唐突に叶い驚いた。すぐに開封してひとつ食べた。

じんわりと頬に広がる薄ら甘いこんぶ味。ああ、これだ。おいしい。

元上司はきっと、私がこんぶ飴という謎の食べ物を知っていたこと、かねてから楽しんで食べていたこと、好物だとまで言うこと、そのようすに面白みを感じ、それで「古賀さんが好きなやつ」と覚えていてくれたんだろう。

好きな食べ物として、こんぶ飴が記憶に残りやすかったのだ。

好きな食べ物は「特殊アビリティ」のようにプロフィールを彩る

ところで、くだんの上司のチームには誰もがその好物を知る同僚がいた。彼女の好物は、かつ丼だ。
どういうタイミングだったか、好きな食べ物はと聞かれたときに「かつ丼です」と迷わずバシッと答えたことが彼女のキャラクターの輪郭をしっかりと縁取った。以来、かつ丼といえばこの人と承認され、記憶され、さらにいっそう広く周知されるに至った。そうするうちに徐々に〝かつ丼〟はその同僚の特殊能力のひとつかのように輝き出したように私には見えたのだ。

英検や簿記検定を持っているのと同様に、同僚は「かつ丼」を持っていた。

かつ丼は一般的な人気メニューであり珍しい食べ物ではない。どうして強いプロフィールになり得たのだろう。

同僚は細く小柄なタイプで、かつ丼のイメージとギャップがある。意外性がインパクトを強めたのは理由として大きい。

もうひとつは、かつ丼という存在の天真爛漫《らんまん》さではないか。

カロリー値を振り切って欲望に走るタイプの食べ物を、あまりお行儀のいい言い方ではないけれど、「ばかの食べ物」と言い表すことがある。いっぽうでそばやスパイスカレーのように、思慮深い食べ物として取りざたされるものもある。

あっけらかんとして考えの薄いものと、気むずかしく教養が求められるもの。食べ物をとらえるとき、こういった、偏見……とまではいかないか、キャラクター設定のようなものが認識として存在するのは確かだ。

かつ丼はその尺度で言うとあきらかに前者だろう。おおらかさを感じさせるメニューなのが同僚のキャラクターに合ったのだと思う。

同僚自身も自らがかつ丼好きとして名乗りを上げることを軽やかに愉快に感じているようだった。優しさのひとつとしてかつ丼好きを、演じるのではなく、まったく謳歌していた。

好きな食べ物を宣言することと、承認されること

これまでは、好きな食べ物を「どう好きか」、そしてそれを「どう伝えるか」考えてきた。

十分にふまえつつ、ここで「どう認められるか」を、かつ丼好きの同僚をロールモデルとして検討の余地に入れてみたい。

近頃よく聞く「自分軸」はぶらさずに、人に認めてもらうことの可笑しみと興味深さの軸をとらえられたら最強だ。

と、そんなことを考えていたときに到来したのが、「古賀さんが好きなこんぶ飴ですよ」だった、というわけなのだ。

私にとってのかつ丼が、こんぶ飴である可能性が浮上した瞬間だった。

超メガ得のこんぶ飴はなんと550グラム入りの大袋であった。自宅に持ち帰り翌日からもりもり元気に食べ、すると同居の家族である高校生と中学生の子どもたちも

何が起こっているのかとざわざわしはじめた。

彼らもこの未知の食べ物を「なんだかよく分からないけれどとてもおいしいもの」としてすぐに受け入れ、そうしてなんと1週間も経たずに一家で食べ尽くしてしまったのだった。

とくに奪い合うようにして食べたのが、なかにとろっとしたペーストが入った梅、はちみつレモン、チョコレートのソフトタイプだ。梅とこんぶは気持ちの分かる組み合わせだけど、はちみつレモンとこんぶ、チョコレートとこんぶが口のなかで同時に味を発揮して、ちゃんとおいしいのが何粒食べてもずっと面白い。

「好きな食べ物はこんぶ飴です」悪くない。

意外性と、いい意味での不穏さがある。なんなんだそれはと思わせて人をゆさぶる。味も変わっていておいしい。

「好きな食べ物は海老のチリソースです」と、くらべてどうだろう。

こんぶ飴と海老のチリソースを並べてくらべる。そんな体験なかなかできない。好きな食べ物を探す醍醐味《だいごみ》だ。

STEP 6

好きな食べ物を、ここで一旦ぶっこわす

好きな食べ物が、むしろどんどん分からない

「好きな食べ物はなんですか」

希望を持って探して走って、けれど走れば走るほど分からなくなるいっぽうだ。

かつて嘘をついてウケを取ろうとしてアボカドと宣言したのはさすがに間違いだった。なのに、実は今になってアボカドが好物になっていることにも気づかされた。

古い思い出がしっかりと裏打ちするチーズケーキに決め手を求めた。実際に懐かしい味や憧れの味に出会いおいしさにあらためて感じ入った。

憧れの味といえば、遠方まで行って食べたい店があったじゃないかと、おはぎに突き動かされた。仙台の圧倒的な食の豊かさパワーがおはぎを凌駕《りょうが》し、私を寿司と向き合わせてくれた。

寿司に見出した「ご飯が食べたい」気持ちからあぶり出されたのがオムライスであり、一時はここでおさまり良く確定かと思われた。自作するという自信の落としどころも、オムライスに照準を合わせることで見出した。

ところがそこへ現れたのが、好きなものをフェティッシュに語りたいという切り口だった。「好きな食べ物はなんですか」と聞くとき、人は好きな食べ物を聞いているのではない（これからご飯を食べに行くとき以外は）。それがこの問いを難解にしている。聞き手は好きな食べ物はもちろん、相手のパーソナリティやコミュニケーションの時間の流れにも興味を持っている。大事なのが、フェティッシュ、こだわりではないか。そう考えて浮上したのがスーパーやコンビニで売られる安いドーナツだ。

それでもなお飽き足らず、好きな食べ物を自らの威光とすることを私はひらめく。「好きな食べ物は安いドーナツです！」と言うことで人間として軽んじられやしないかと、怖気《おじけ》づいたわけだ。結果、泳ぎ着いた岸辺にみつけたのが海老のチリソースだったのだけど……そこに颯爽と、まさかこんぶ飴が現れるとは。

好きな食べ物をどう規定し、どう宣言するかばかり考えてきた。「あなたこれ好きだったよね」と、他者から承認されることがこんなにも可笑しみをもって正しさとして輝くとは思いもよらなかった。

当初私はあるひとつの食べ物を「好きな食べ物」と仮定し置くことで、その好きの根拠をくつがえす新たなロジックを持った別の食べ物がその座を奪取するように弾き飛ばすのだろうと考えていた。

　奪取を繰り返すうちに徐々に視界がクリアになって、私という人間の好む食べ物のさまがあきらかになるんじゃないかと思ったのだ。最終的に堂々と胸を張り、ステージに立って大声で好きな食べ物を発表できる自分に仕上がるのだろうと。

　しかしこれがなかなかうまくいかない。

　海老のチリソースはおそらく正答に近い。だけどオムライスも捨てがたい。アボカドにだってまだ未練はあって、チーズケーキを買いに中目黒へ、おはぎを買いに秋保温泉へ、できればすぐにでも行きたいし、無理でも安いドーナツだったら買えるのだから安心だ。お寿司はいつも食べたい。

　世の中が思いもよらず無秩序で辻褄《つじつま》の概念に乏しいことは、長く生きて学ぶことのひとつだ。人間の心情、行動はもちろん、自然界の事象はとらえどころなく茫々《ぼうぼう》としている。

　好きな食べ物くらいのことだって、つかもうとしてつかみきれない。分かるどころか、どんどん自分があいまいになる。

8つのヒントから見えてくるもの

これまでを振り返ると、毎回好きな食べ物を考えるヒントをもぎとってはきた。

アボカドから得たヒント：本当に好きか

発表するにあたり、恰好《かっこう》つける、盛るなどしていないか。

チーズケーキから得たヒント：そこに思い出はあるか

エピソードをベースにすると自分でも納得しやすい。

おはぎから得たヒント：遠くまで食べに行きたいと思えるか

欲望は希望であり、人生を輝かせる。

寿司から得たヒント：料理として一体感があるか

寿司はさまざまな要素の集合体すぎて困惑した。

オムライスから得たヒント：絵に描ける料理は強い

発表したときに脳裏に描きやすい食べ物は興奮を呼ぶ。

安いドーナツから得たヒント：そこにフェティシズムはあるか

こだわりは回答に手っ取り早く深みを与える。

海老のチリソースから得たヒント：権威を感じさせるか

自分を強く見せることができる。

こんぶ飴から得たヒント：他者の興奮を呼ぶか

人に認めてもらえることは喜びである。

経験から見出したヒントを、判断基準として検討の支えにできないか。

「好きな食べ物見極め表」を作る

たとえば、ある日昼ごはんを食べに入った定食屋のランチメニューである鯖の塩焼き、鶏の照り焼き、アジフライ、刺身、すき焼きを、この条件に無理やり照らし合わせてみる。

表によると、このメニューから好きな食べ物を宣言しようとしたときに私にふさわしいのはすき焼きのようだ。なるほど……。

	○の数の合計	他者の興奮	権威	フェティッシュ	絵	一体感	遠くへ行きたい	思い出がある	本当に好きか
鯖の塩焼き	1					○			
鶏の照り焼き	1					○			
アジフライ	5	○			○	○	○		○
刺身	4		○				○	○	○
すき焼き	6		○	○	○		○	○	○

　私は父方の祖父母と同居していたことがある。すき焼きは祖父の好物で、冬になるとたまに食卓に登場した。祖父は優しく筆まめで人の面倒を見るのが得意な人ではあったけれど、昭和の厳しい父親のステレオタイプを踏襲した人物でもある。

掃除、洗濯、炊事といった家事はすべてが祖母の仕事で、祖父が台所に立つようすは見たことがない。

そんな祖父が、すき焼きだけは仕切った。

味見をして、何かが足りないと思うや一升瓶からどぶどぶ鍋へ日本酒を注ぎ、砂糖壺からばっさばっさと大さじで真っ白の砂糖を放り込む。祖父も祖母もお酒はビールをたしなむ程度だったし、祖母は普段の調理には料理酒を使っていた。日本酒の一升瓶はすき焼きのためだけに購入していた、祖父のこだわりだったのだ。

祖父は贅沢好きなところがあって、サシのたっぷり入った牛肉を好んだ。ときたま、かつて仕事でお世話をした方から高級な肉が届くことがあってその日は間違いなくすき焼きになる。

甘い甘い味のすき焼きが体を芯からふるわせる。最後に餅を入れるのが祖父のきまりだった。うっすらと残った割り下に、固いままの切り餅を入れて煮ながらにして焼くようにやわらかくなるのを待つ。鍋に残ったかけらの肉やネギ、しらたきを吸着した餅がやわらかく伸び、米と砂糖と醬油の味であらためて独特に甘い。

すき焼きはあくまで自宅で食べるものだった。大人になってから、お店の人が目の前で調理してくれるタイプの店があると知り、いつか行ってみたいと思うが実現には至らないままだ。

いきなり、すき焼きが好きな食べ物として勝手に物語りはじめた。本当に好きだし、思い出があるし、食べ物として権威も感じさせるし、フェティシズムもある。絵に描きやすく、遠くまで食べに行きたいと思わせる力もある。すき焼きに好きな食べ物と宣言するほどのポテンシャルがあることにはこれまでまったく気づけていなかった。

ついでにここまで登場した食べ物も「好きな食べ物見極め表」に入れて得点を計算してみた。次ページのランキングをどうぞご覧ください（「歌のベストテン」みたいにしてもらった！）。

さすがにどの食べ物も力を持つ結果となったが、やはり海老のチリソースが今のところ私にとってインパクトを持っているようだ。こんぶ飴がしぶとく2位に食い込んで不穏に輝いているのも見逃せない。

どちらにせよ、それぞれの個性がぶつかり合って価値の尺度があいまいになっていたのが、表のおかげで一気に、そして強引に力の差が見える化されたかたちだ。

それにしても、急に思わぬところから好きな食べ物候補としてすき焼きが飛び込んできたのは意外で、まだまださまざまな食べ物を検討する余地があることも痛感した。表に信ぴょう性があるかどうかはまだ未知数だけれど、この「好きな食べ物見極め表」を手にもう一度、大海原へ乗り出してもいいのではないか。

すき焼きのように、思わぬところから颯爽と現れ私の心をつかむ食べ物を求め、たくさんの食べ物が跋扈《ばっこ》する場へ飛び込んでみたい。

これまで私が畏れて近づかなかったような場所にこそ、本当の好きは埋まっているのではないか。

The Best of Food

1	海老のチリソース	9点	古賀及子
2	おはぎ	8点	古賀及子
2	オムライス	8点	古賀及子
2	こんぶ飴	8点	古賀及子
3	安いドーナツ	7点	古賀及子
4	寿司	6点	古賀及子
5	チーズケーキ	5点	古賀及子
6	アボカド	2点	古賀及子

STEP 7

脳内ではなく世の中に聞いてみる

すみません、今、ROUND1の前にいます

私は何をしにここへ来たのだったか。

気がついたら、ROUND1の入り口の前に立っていた。なんの音か、さだかでないままにあたりはやたらに騒々しい。人たちのざわめきにゲームの筐体《きょうたい》から出る音が混ざるとこうなるのか。パチンコ屋ともゲームセンターとも違う独特の、知らないざわめきだった。

そうだ、私はフードコートやレストランをめぐるつもりだったんだ。

「好きな食べ物はなんですか？」と聞かれたときに、さっとベストな回答ができるようになりたかった。一度はそれは海老のチリソースだと分かりかけたのだけどまだ納得はいかない。

ねえ、好きな人っている？ と中学生は修学旅行の夜に聞く。恋の本質として、好きな人の名前は聞かれても誰にも言ってはいけない。大人はみんな知っていることだ。言うと、本当に好きになってしまうから。

言えば言うほど好きになるのが「好き」という状態のはずなのに、海老のチリソースは言っても言っても自分がのぼせる気がしないのだった。こんなことでは修学旅行の夜は一向に盛り上がらない。

もっと自分を興奮したい。

それで私は大型の商業施設にやってきた。

ここにはフードコートがあって、レストラン街もある。訴求力の高いメニューがうなりを上げてガチンコ勝負をする食の現場だ。ハイテンションなご飯たちから刺激を受けることで、目の覚めるような食べ物と出会えるんじゃないかと思った。

行きあたりばったりで飛び込むのも不安だから、事前にどんなレストランがテナントとして入っているのかは把握しておいた。

つけめん、サムギョプサル、たこ焼き、寿司、牛カツ、ハンバーグ、ステーキ、串かつ、皿うどん、そば、ラーメン、牛タン、焼肉、天丼、ピザ、親子丼、さぬきうどん、餃子、サムゲタン、ドーナツ、ソフトクリーム、ホットドッグ、唐揚げ、焼鳥、インドカレー、クレープ、かつ丼、とんかつ、ハンバーガー、タコス……。

30店以上ある料理屋の看板メニューを見ると、この世のすべてがあるのではと思わされる。全能感を覚え力がみなぎる。

肩をいからせて大股でやってきたのは平日の昼前だ。館内をじっとりとした目で歩き回り、さまざまなレストランのメニューをひやかしてこれはと思う料理を抽出する。私には「好きな食べ物見極め表」というツールがある。ここにピックアップした料理をリストアップして点数をつける。それにより新たな「大好き」を発見するのがもくろみだ。

それがどうしてROUND1の前で茫然としているのか。

世の中にある料理の数を思い知れ

予想すべきことだったのだけど、あまりにもこの商業施設から世に送り出される料理の品数が多すぎたのだ。たとえばそばの店に行けば、ざるそば、かけそば、たぬきそば、きつねそば、てんぷらそば、おかめそば、山菜そば、月見そば、カレー南蛮、なめこそば、けんちんそば、力そば、ほとんど無限を感じさせる力強さでメニューが並ぶ。

あらためて、世の中にはこんなにたくさんの料理があるのかと、その迫力にそば屋の前でいきなり立ちすくんでしまった。

「好きな食べ物はなんですか」の、単純なようで答えにくい性質。それは、自己表現が難しいからだとばかり考えていたが、これは半分合っていて半分違う。難しさの原因のそもそもは、選択肢の多さだ。すっかり忘れ切っていた。

もうひとつ、今日は平日ではあるものの、どうも近隣の小学校、中学校が休みだったらしいのだ。館内が、それはもうむちゃくちゃな大混雑だった。外国からの観光客の方でにぎわっているだろうことはある程度予想しており、それで混みだす前の時間、午前中に来たのだけど、むしろ地元小学生の活性する時間にばっちりかぶさった。あわあわと雑踏の隙間をぬううちに、徐々に中学生もおしよせて人はどんどん増えていく。当然、観光客のみなさんも力強くやってきた。

フードコートはすべての店に行列ができ、テーブルは満席、レストラン街も用意された待機用の椅子がいっぱいになってなお人が並ぶ。

これが現実か。

好きな食べ物を探す活動の、情けない机上性に気づかされた。事件は現場で起きているとはまさにこのことではないか。

商業施設は、完全に現場だった。

今どの程度空腹で適量が満たせるメニューはどれか、すぐ食べたいか、ある程度待てるか、同行の全員にとって値段は手ごろか、連れた子どもの機嫌はもちそうか、おばあちゃんが膝を痛めず座れるところはあるか、彼氏と彼女の気持ちはひとつか、ここでは都合ベースで全方位からメニューを検討する必要がある。好きな食べ物を悠長に検討し語るような場所ではなかった。

あわあわと、混雑をかいくぐり並ぶメニューの多さに翻弄されるまま、あぶり出されるように私は上階にあるROUND1の前までたどりついてしまったのだった。

茫然とはするが、これこそが食べ物の熱気なのだと降参からむしろ猛々しい気分だ。

ひとことで言うと わらび餅のドーナツ

結局、私が駆け込んだのはミスタードーナツだった。理由は席がぎりぎりみつかったから。もうこうなったら流れに身を任せて導かれてみようとやぶれかぶれになった。列に並ぶとレジ前にドーナツのケースが待っている。並びながらドーナツをトレイに取って会計する方式だ。

列がケースに近づいた小さな男の子が、お父さんらしき男性に「もうトング持っていい!?」とせがむように聞く。「いいよ〜!」と言われて本当にうれしそう。持ち帰るのだろう、そんなに? と思うほどの量のドーナツをトレイにのせる人たちもいる。

考えてみたらすごいことだ。ミスタードーナツにはドーナツを買いに来た、このあと必ずドーナツを食べる人たちが集まっている。誰ひとり厳しいダイエット中の人はいないし(いたとしても一時中止しているのだろうから仲間だ)、甘いものは不健康だから普段から食べないのですとストイックなまぶしさを発揮する人もいない。ドーナツの輪を介して手をつなぐ、ここは甘く温かい世界だ。

私もお土産のハニーディップをふたつと、期間限定だという「生ポン・デ・宇治ほうじ茶 きなこ」をトレイに取った。

そうして食べた生ポン・デ・宇治ほうじ茶 きなこは、ひとことで言うとわらび餅だった。

本体にきなこがまぶしてあるうえ、「ほうじ茶蜜」という黒蜜のようなものを食べる直前にかける。生ポン・デ、というのは元来のポン・デ・リングのもちもち感に加えてやわらかさを追求したものだそうだ。あえて、なんとなくちぎって玉の状態にして食べる。余計にわらび餅だ、これ。

ややこしいのだけど、この日のミスタードーナツは「ポン・デ・宇治抹茶 和三盆わらびもち」という、わらび餅を挟んだポン・デ・リングも販売されており、ドーナツという土俵のうえでわらび餅が大活躍する大渋滞となっている。

それにしても、私は何をしているのか。

机上と現場はまったく違う

郵便はがき

おそれいりますが
切手を
お貼りください

141-8210

東京都品川区西五反田3−5−8
株式会社ポプラ社
一般書編集部　行

お名前	フリガナ	
ご住所	〒　　-	
E-mail	@	
電話番号		
ご記入日	西暦　　年　　月　　日	

上記の住所・メールアドレスにポプラ社からの案内の送付は必要ありません。□

※ご記入いただいた個人情報は、刊行物、イベントなどのご案内のほか、お客さまサービスの向上やマーケティングのために個人を特定しない統計情報の形で利用させていただきます。

※ポプラ社の個人情報の取扱いについては、ポプラ社ホームページ（www.poplar.co.jp）内プライバシーポリシーをご確認ください。

ご購入作品名

■この本をどこでお知りになりましたか？

□書店（書店名　　　　　　　　　　　　　　　　　　　　　　　　　　　　　　）

□新聞広告　　□ネット広告　　□その他（　　　　　　　　　　　　　　　　　）

■年齢　　　歳

■性別　　　男・女

■ご職業

□学生（大・高・中・小・その他）　□会社員　□公務員

□教員　□会社経営　□自営業　□主婦

□その他（　　　　　　　　　　　　　　）

ご意見、ご感想などありましたらぜひお聞かせください。

ご感想を広告等、書籍のPRに使わせていただいてもよろしいですか？

□実名で可　□匿名で可　□不可

一般書共通

ご協力ありがとうございました。

はっとして、もう一度今日ここへ来た最初の目的を思い出す。

目的、それはハイテンションなご飯たちから刺激を受けることで、目の覚めるような食べ物候補と出会いたい、だ。

いかんともしがたくROUND1の前で茫然とし、ドーナツの店に集まる人々に温かい世界を感じ、そしてドーナツに潜むわらび餅性に驚く。

こんなはずじゃ、なかった。

しかも私はドーナツといえば安いドーナツが好きだとあれだけ熱弁をふるったではないか。ドーナツの油と砂糖と小麦粉のかたまりのパンチにひれ伏す気持ちをあんなに高めたのに、ふらふらと、ちゃんとしたドーナツの店に吸い込まれており情けない。あたまでうんうん考えるのではない、街に出て見て食べることの情報量の多さをあらためて痛感する。痛感しながら、口のなかはドーナツでまさかもちもちとしてものすごくおいしくて、頬はゆるゆるたるんで下がる。

事前に用意していた「好きな食べ物見極め表」に今一度、目を落とす。

つけめん、サムギョプサル、たこ焼き、寿司、牛カツ、ハンバーグ、ステーキ、串かつ、皿うどん、そば、ラーメン、牛タン、焼肉、天丼、ピザ、親子丼、さぬきうどん、餃子、サムゲタン、ドーナツ、ソフトクリーム、ホットドッグ、唐揚げ、焼鳥、インドカレー、クレープ、かつ丼、とんかつ、ハンバーガー、タコス。

この商業施設に入居するレストランの看板メニューをせめて表に書き入れた。

一番高得点だったのは焼き餃子だ。餃子はたしかに大好きで、好きな食べものを聞かれたとき、餃子と答えていたころもあった。

満腹の胃をなでながら、せめて店頭で細かいメニューだけでも見ようと向かった餃子の店はまだ大行列が続いている。焼き餃子と水餃子を中心とした点心の店のようで、蒸し餃子や小籠包《ショーロンポー》もある。

考えることが……多いな……。

紙袋に入ったハニーディップを抱えて足取りはゆらめき、脳は混乱を極めた。好きな食べ物を机上で考えることと、現場で体験することはまったく違う。

好きな食べ物とは、あらためてなんだったのか。それは理屈か現実か。

うまいこと、理屈と現実、どちらも同時に食べられないものか。

ロールモデルをみつけたい

食べることの現場としてフードコートとレストラン街に飛び込んで、あらためて具体的に食べ物を選ぶ難しさに直面した。

あまりのバリエーション、そして事情という大きな壁。私が直面している問題の本質は一体なんなのか。それすらもはやあやしい。

つまり、一気に自信を失ってしまった。もともと手持ちの少ない貴重な自信が、財布を手から滑り落としたときの小銭みたいに床に散る。しゃがんで拾い集めるさまが情けない。

やぶれかぶれに、好きな食べ物、もうラーメンでよくないですか〜！　と万歳して寝転がったあとで、しまった、ラーメンみたいな一家言を持つ方々の多い食べ物を、うっかり丸腰で叫んでしまったと、両手で口を押さえてあたりを見回す。

……誰にも聞かれなかったようだ。日の落ち行く土手べりの芝生にまっすぐ寝転がり、無策のままぼんやりする気分。夕焼けの頭上をカラスが飛んで行く。

かつ丼が好きな元同僚のことを思い出した。好きな食べ物を理想的に発表する、彼女は私にとっての憧れの存在と言っていい。

こうした、いわゆるロールモデルについて今一度しっかり思いをはせてみようか。何かヒントがみつかるかもしれない。

好きな食べ物は「タコライスです」「杏仁豆腐です」

中学生の娘がいる。好物はグミだ。買い物に行くけど何かいる？　と聞くとかならず「グミ」と答えるし、買い物についてくればグミを「これも買っていい？」とねだる。

とくに噛み心地の固いグミが好きで、一時は「忍者メシ」という、UHA味覚糖が出している小さな平べったい粒のハードグミをなんと「好きな食べ物」だと言っていた。しっかり噛み締めることで小腹を満たし、ダイエットにつなげるという訴求の商品なのだけど、娘は純粋に食感と味が好きなようだ。

けれど、私がよくなかった。この世のあまたの食べ物を差し置いて好きな食べ物が「忍者メシ」だというのがあまりにも意外で尊かったものだから、つい珍しがってもてはやしてしまったのだ。

娘に、「忍者メシ」が好きな食べ物なのは奇異なことのようだぞと勘づかせてしまった。

娘は気持ちの強い人だから、奇異でもなんのそのという気概を持ってはいる。けれど、このころちょうどいいタイミングで、クラスメイトの家で出してもらって食べたタコライスに娘は魅入られた。

甘辛いタコミートと、甘酸っぱいトマトにまろやかなチーズ。シャキッとした歯ごたえのレタスが食感に面白みを加え、土台は安定の白飯というタコライスは自宅では出てきたことのないメニューで、その珍しさにもときめいたのだろう。

うちでも作ってと頼まれ、クラスメイトのご両親にレシピを教えてもらい、よく作るようになった。

ある晩、そんなタコライスを食べながら娘ははっきり言った。

「わたし、好きな食べ物は、タコライスってことにする」

あっ！　と思った。決めた。この人、決めたわ今。「タコライスということにする」この言い方は、間違いなく原文ママだ。好きな食べ物は、自分で決めて携えるものであることを娘は分かっているのだ。

卒業のときのようだった。実際は「いいね！」と言うくらいだったかもしれないけれど、拍手して「おめでとう」と言ってもよかった。

いっぽう、高校生の息子の好物は小学生のころから羊羹《ようかん》だ。あまりに好きで、あればするする食べる。子どもなのに羊羹が好きなんて、というのもウケが良く、娘にグミは集まらないが、息子に羊羹はたびたび親戚からやってきた。

自身も羊羹好きとの自認はしっかりもっているようで、けれど学校など人前で発表する機会にはカレーライスなどもう少し当たり障りのない答えでにごしてきたらしい。

羊羹が好きだというのが恥ずかしいというよりも、これは想像なのだけど、羊羹と漢字で書けなかったからではないか。羊羹という食べ物の身近さにくらべたときの

「羹」の鮮烈な書けなさにはふるえる。

そこへ、ほんのここ1週間くらい、息子は急に「杏仁豆腐が好きだ」と言うようになった。

「おれは杏仁豆腐が好きだな」
「好きな食べ物は杏仁豆腐だな」

などと、はっと思い出したように言って伝えてくる。「そうなんだ?」とか「え、買ってきてほしいの?」と聞いても、「いや、そういうことではなくって」などとはぐらかす。

昨日は湯上りに「ちょっとドクターペッパー買ってくる」と出かけて買ってきて、息子は以前からドクターペッパーも好きなものだから「好きだよねえ、ドクターペッパー」と言うと「杏仁豆腐とドクターペッパーって似てるからね」と、まるで彼のなかにまず杏仁豆腐があって、その先にドクターペッパーが発生したようなことまで言い出した。

それで私は解った。息子は、杏仁豆腐が好きだということをほかでもない自分に言い聞かせているのだ。

杏仁豆腐好きの自分をしっかりと自分のなかに確立させてこれから歩んで行こうともがいている。息子の字で〝杏仁豆腐〟と書かれたメモ用紙が居間の床に落ちているのを拾った。書けるように練習している！

つかんで今や離さず足元を固めた娘と、杏仁豆腐のようにまだやわらかい足場に立ち上がろうとする息子。見守る私はまだ宙に浮いている。

子どもたちのように私もみつけたい。もう一度、立ち上がろう。

現実をちゃんと観察したい

商業施設のフードコートとレストラン街でまさかあれほど迷走するとは思わなかった。迷走の理由の大きなひとつが、現実という大海にある料理の多さだ。

私は食べ物のことを甘く見すぎていた。

頭で想像する食べ物は、私という狭い世界で完結している。だから一歩外に出て現実を見ると、「そうか、それがあった」の連続なのだ。

たとえば餃子だったら、頭ではのん気に「餃子〜！」とだけ思っているけれど、現実の餃子はただ餃子なだけではない。ひとたび店に入ると急激に「焼き餃子」、「水餃子」、「蒸し餃子」、「揚げ餃子」と細胞分裂するかのように人格は多様化する。「思ってたんと違う」という言い方がある。人間がいかに妄想と現実のギャップを行き来しているかを的確にとらえた言葉だ。私のように想像力の乏しい者にとって、世界は驚くほど思ってたんと違う。

フードコートとレストラン街で目の当たりにした現実は、まさに想像とのギャップそのものだった。

想像力の貧弱さと現実の豊かさの圧倒的な差。やはり、現実の側を今一度観察してちゃんと分かりたい。そこで、あらためて目をつけたのが、デパ地下とファミレスである。

バリエーション豊かな食べ物に効率良く荒療治的に直面し、その種類の多さから、私の好きな食べ物を、いったん全部思い出したい。

食べ物と自分、その関係性のゾーン

平日の開店直後のデパ地下は混みはじめる前で、それでも活気があった。やってきたのはターミナル駅に直結した大型店だ。店員さんが元気に呼び込みをしている。一巡して私は「あー！」と、もう大声で叫びたかった。想像した通り、存在を忘れていた好きな食べ物が、ここにはうなるほど並んでいた。

中華のテナントでいきなり麻婆豆腐をみつけて驚いた。海老のチリソースとくらべて悩むくらい好きなメニューだ。どうして忘れていたんだろう。

私は短大を卒業したあと、しばらくフリーターとしてウェブサイトの制作会社に勤めた。会社の裏の住宅街に盛りの良い町中華があって、昼休みにたまに行ったのだ。名物が麻婆豆腐で、ただしこの店では麻婆豆腐を単品で食べるお客はほとんどいない。誰もが中華麺に麻婆豆腐をのせた麻婆麺か、ご飯にのせた麻婆丼を頼む。

高齢のご夫婦で営んでいたお店で、あるとき店を畳むと貼り紙がされた。閉店の日の昼には行列ができ、並んで私は麻婆丼を、一緒に行ったバイト仲間は麻婆麺を頼んだのだけど、彼女がちょうど食べ終わったところでバイト先から急用ですぐに戻るように電話が入った。

急いでバイト先へ戻る仲間を見送って遅れてごちそうさまでしたと頭を下げたタイミングで入店した人が、驚いたように私を見る。おそらく、2人前をひとりで食べたと思ったのだろう。即席の大食いファイターとしてちょっと得意な気分のような、言い訳をしたいような、いや、そんなことはどうでもいいからご主人と女将さんに感謝を伝えなければと、おつかれさまでしたと言って店を出た。甘くてとろみの強い麻婆豆腐だった。

デパ地下の明るさの下、ニラ饅頭や胡麻団子が輝く。となりでは肉まんが大きなせいろで湯気をたててふかされていた。ああそうだ、肉まんもあった。

デパートで売られる本格的な中華風の肉まんも、スーパーで袋詰めで売られるのも好きでよく食べる。父方の祖母が、冬に親戚が集まると中村屋の肉まんとあんまんをたくさん、大きな金色の蒸し器でしゅんしゅん蒸して、大皿に山盛りにして出してくれた。

中華料理的な、しっかりした皮にごろんと固めた肉の餡が詰まった肉まんは、よく父がお土産に買って帰ってきた。同じ肉まんでも祖母が食べさせてくれるものとはまったく違って、同じ名前の食べ物なのに違うことが、子ども心にはどうも片付かず納得がいかなかったのを覚えている。

夏、新宿の地下街を歩いていたら中村屋が屋台を出して、店員さんが「夏こそ肉まん」と書かれたプラカードをかかげて道行く人たちに肉まんを売り込んでいたのは笑った。肉まんという食べ物の力強さを感じて頼もしかった。

韓国料理のテナントではきれいな断面のキンパが器用に積まれていた。韓国料理のことを忘れてはいけなかったなと思わされる。私のiPhoneのカメラロールから動画だけを抽出したら、その4分の1くらいはぐつぐつするスンドゥブの動画だと思う。あんなに撮りたくなる料理はない。

期間限定の出店コーナーでは鯖寿司と太巻きが並ぶ。握り寿司のことは考えていたけれど、押し寿司と巻き寿司に考えを及ばせていなかったのは完全な油断だ。

鯖寿司は叔母の好物で、買い物に付き合うと必ずそれこそデパ地下で買って帰った。

たしか叔母は、ひいきの店に事前に電話をし、予約までして買っていたのではなかったか。叔母の熱心さはダイレクトに私に鯖寿司の素晴らしさを刷り込んだ。スーパーや持ち帰り専用の寿司屋に、握り寿司に並んで押し寿司があると私は喜んで買う。

太巻きは今やすっかり恵方巻として節分の縁起物として落ち着いたが、私はこんなにがっちりと恵方巻が行事食として定着したのは、太巻きの地肩が異常に強かったからだと思っている。おいしいのだ、太巻きは。みんなが太巻きのことをそもそも好きだったから恵方巻は定着した。つまり、私も大好きということだ。

これも期間限定の出店で、並んだ食べ物に彩りがない潔い店があるなと、眺めれば上海料理の点心のお店らしく、立てられた札には「焼餅（シャオピン）」とある。

……シャオピン！　中国の小説に出てくるやつだ。これがあのシャオピンか。信州のお焼きをもう少し平たく大きくつぶしたような形で、なかにはさまざまな餡が入っているらしい。そんなの絶対においしいに決まっている。

洋食のコーナーでも私は「あちゃー」と額をたたいた。どうしてグラタンのことをこれまで思い出せなかったんだろう。子どものころ、母はよくマカロニグラタンを作った。私は5人きょうだいと、子どもの多い家の長子として育ったが、それでもグラタン皿は人数分あった。めいめいの小さなお皿でグラタンが焼かれ、それが誇らしかった。

高校生のころ、学校の近くに選挙事務所が立ち上がり、アルバイトの募集に興味本位で応募して働いた。選挙カーに乗り込んで演説の準備を手伝ったり、応援をよびかける葉書の宛名を書いたり、ポスターの掲出を頼みに回ったりした。

いよいよ陣中となったころ、まかないを作るけど何がいい？　と、母親くらいの年代の支援者さんに聞かれ、私は元気に「グラタンがいいです！」と答えたのだ。

「グラタン!?　いや、一気にたくさん作れるのじゃなくちゃ、豚汁とか」と、言われて私は料理のことが何もわかっていないことをばらしてしまったようで恥ずかしくて、でもそれくらい、グラタンは身近で好きな食べ物だったのだ。

グラタンの隣ではラザニアがしゃれたバットに入っている。ラザニアといえば、私にとっては『宇宙船サジタリウス』という、１９８６年に放送されていたアニメでしかない。宇宙で働く便利屋さんの話で、登場人物はみんな人間ではない異星人なのだけど、主人公の好物がラザニアという設定だった。当時私はラザニアを知らなくて、大人になってはじめて食べて「これがあの！」と感激したし、今でもラザニアを見ればいつも思い出す。

ケーキ台にのせられてキッシュも数種類並ぶ。土台のパイ生地が食べる前からもうさくさくだ。母はキッシュもよく作った。

私は1979年の生まれだ。80年代の台所というのは、クラシックな洋食を盛んに作る場だったんじゃないか。母のレパートリーに、じゃがいもを千切りにしてぎゅっとまとめてフライパンでケーキのように焼いた料理がある。あれはなんだったのだろうと大人になってから調べて、じゃがいものガレットというフランス料理だと知ったときは驚いた。洋食が、肉じゃがだとか筑前煮とかきんぴらごぼうよりもずっと、懐かしい実家の味として記憶されている。ただし、母のキッシュは耐熱皿に卵液を流して焼くもので、パイ生地の土台はなかった。

好きな食べ物を探そうとその気でデパ地下を眺めると、食べ物のひとつひとつに自分との関係性が力強く浮かび上がってくる。

目に映るものが続々と自分事として感じられ、私はどんどん脳内で早口になっていく。普通に買い物をしにきてもこんなふうにゾーンに入ることはない。

私と食べ物がひも解かれてゆく

また、あっ！　と心で声が出た。おこわの店がある。おこわ、おこわだ。

デパ地下の食料品売り場には、ほとんど必ずと言っていいくらい、おこわのテナントが入っている。おこわのことは日ごろすっかり忘れているのだけど、デパ地下でいつも、気付け剤のようにはっとしておこわの存在を思い出す。

赤飯、栗おこわ、五目おこわ。これぞまさに、潜在する好きな食べ物候補ではないか。あまりに渋くてつい忘れるが、好きだ。

おこわは、かつて付き合っていた人の親友の好きな食べ物だった。付き合っていた人の方の好物は覚えていない、というか、知りもしない。付き合った期間がずいぶん短かったのだ。

それくらい微妙な関係性にもかかわらず、親友の好物がおこわだというのは鮮烈で覚えている。聞いて「おこわ!?」と、それを選ぶのかと意外な発想に驚いて、けれど、おこわはおいしいものねと納得して記憶に残ったのだろう。

デパ地下ではパンがかっこつけている。フレンドリーな、街のパン屋にもありそうな素朴なパンも売られてはいるけれど、多くがシュッとしてすましている。好きになってもいいよと、上から見られているようだ。

サラダの店も、サラダだからってつまらないとか、さみしいなんてことはデパ地下ではまずない。栄養や健康と引き換えに楽しさやおいしさを差し出すサラダではない、いかにもおいしそうで楽しそうなサラダが並ぶ。こういうところで輝くから、やっぱり私は海老とアボカドのコンビネーションが好きなのだよなと目をほそめてないひげをなぜた。

握り寿司を並べた店では数種のネタを集めたパックにひとつひとつ丁寧に魚の名前のシールが貼られている。ばらちらしは彩り美しく、散らされたいくらが輝く。穴子の白焼きがある。たれのからんだ海老天がみしっと隙間なく並んだ天重がある。ベトナムのフォーがあって、麺のなかでも私は米麺が好きなんだと思い出した。

タイ料理も忘れてはいけない。グリーンカレーをはじめて食べたときの、あの未知の味を軽々と飛び越えてくるおいしさは絶対に忘れない。２０００年ごろ、所沢のタイ料理の食べ放題ランチだ。あの当時、なぜかエスニック料理店のランチはどこもだいたい食べ放題だった。

この全部のなかから好きな食べ物を選んでいいんだ私は。

フェーズがROUND1の前で茫然とした、あの「ありすぎて困る、迷走」から、「いいんですか？　歓喜！」にぐぐっとシフトしたのを感じる。

午前中のまだ空いた店内で、ひとつひとつの食べ物を丁寧に品定めできたのがよかった。手のひらにのせてまじまじと見つめるうちに、食べ物側から私との思い出を話し出してくれるような、ひも解かれる手ざわりがある。

人生は気づいて忘れてを繰り返す

続くファミレスで、私は神妙に冷麺をすすっていた。

店に着いて、席に案内してもらって、季節限定のメニューをまず手にとってみつけて即決した。冷麺はいつからか、ファミレスで夏にラインナップされがちなメニューになった。冷麺もまた、うっかり忘れていた好きな食べ物だった。

食べ物には2種類ある。それは、はじめて食べたことを覚えている食べ物と、もはや忘れてしまっている食べ物だ。冷麺は私にとってグリーンカレーと並ぶ、前者の代名詞なのだった。

従妹と祖父母で焼肉屋に連れて行ってもらった日、従妹が締めに冷麺を頼んだのだ。その場の誰もが冷麺を知っていて、知らないのは私だけだった。小鉢に少しとってもらって食べる。冷たくさわやかで少し甘くてすっぱい（おそらく従妹が酢を効かせたんだろう）スープに、噛みちぎるのとは概念からして違う、ガムかもしれないと思うようなギュムギュムした食感の麺。おいしさへの感動よりも先に、食感の意外さを入り口に好きになった。

母とふたりでどこかへ行こうと話が出たとき、冷麺食べたさに行先を盛岡にしたこともある。盛岡冷麺や咸興《ハムフン》冷麺とはまたちょっと違う、細くて黒っぽい平壌《ピョンヤン》冷麺を専門店まで食べに行ったこともあった。

ああ、ああ、こんなにも「うっかり忘れていた好きな食べ物」がある。

文庫本の利便性に最近はっとして気づいたのを思い出した。小さくてかばんのなかでかさばらず、コートのポケットにも入る。高校生の息子に「文庫本ってコンパクトで便利だねえ」と話して「気づくの遅くない……？」と言われ、いやこれは、気づいて忘れて気づいて忘れて気づいて忘れてまた気づいたのだ。好きな食べ物も、そうやって気づいて忘れてを繰り返す類のことなのかもしれない。

ＳＴＥＰ５でピックアップしたこんぶ飴以降に採集した食べ物で、これはというものを再度絞って洗い出す。

すき焼き
肉まん
グリーンカレー
冷麺

ここにＳＴＥＰ１のアボカドからＳＴＥＰ５のこんぶ飴までの食べ物を入れ、もしひとつ決めるとしたら……。

こう私にとっての粒ぞろいが勢ぞろいしては決定はやっぱり厳しい。

決定するというよりもむしろ今まで忘れていたり、見落としていたり、見えていないところに好きな食べ物候補が潜伏していることが判明してしまった。

まだまだ発掘の可能性はあるように感じる。

STEP

8

可能性のその先の景色を見に行こう

既知と未知が絶妙にせめぎあう、成城石井

成城石井に行くと爆発しそうになる。

魅力的なものがありすぎるからだろうとは思うのだけど、きらめく品々は他の店でだっていくらでも並ぶのだ。なぜ成城石井でもっぱら私は爆発しそうになるのか。

それは、知っている食べ物と、ちょっと知らない食べ物と、まったく知らない食べ物がちょうどよく混在しており、店内に入った直後から認識が脳でモザイク状になるからだ。ちょっと知らないものも、まったく知らないものも、それがきっとおいしいのだろうことは見た目から伝わる。すべてが一気にポジティブな情報として脳に飛び込んでくる。いわゆる「情報量が多い」状態が続いて店内に滞在する時間がみちっと濃密だ。

成城石井の「知らない」、「見たことない」は、一般的な「知らない」、「見たことない」とはちょっと違う。

日本で暮らす外国の方が集まるような輸入食材店に行くと、ここが日本ではない、どこか海外に来たような雰囲気が味わえる。そこにあるのは純粋な未知だ。成城石井

の「知らない」、「見たことない」はその種類の未知とは違うのだ。

たとえばカップ入りの水ようかんが、がさっと透明の大袋に入って7個1400円とか、やたらに大きいA3くらいのサイズの袋で甘栗が売られてるとか、鯖缶が絶妙に知らないメーカーのやつだとか、普通のスーパーにはない、何が起きているのか分かるようで分からない感じの「見たことない」が、成城石井では頻発する。

大袋に入った水ようかんはスーパーなんかにもあるにはあるけれど、透明の袋に業務用みたいに入って、安くないのが分からない。これ、実は成城石井の誇る夏の名品だ。シンプルな原料本来の甘みを引き出す作り方がされており、使われている餡は独自の製法で仕上げたとポップに小さく書かれている。

謎に大容量で売られる甘栗は有機JASという農薬や化学肥料などの化学物質に頼らずに生産されている商品として認証を受けており人気だそうだ。

鯖缶はSTONE ROLLSというメーカーのもので、しゃれているが聞いたことがなかった。石巻漁港の近くの会社の商品で、ブランド鯖である金華さばなどをこだわりを持って商品化している志のあるブランドだった。STONE ROLLS、そうか、〝石巻〟だ。

そんな成城石井の見たことあるけど見たことない風情の頂点といえば「味付うずら

のたまご」だ。店頭ではいかにもご存じ！　という具合で思わぬ広さの売り場面積を割いて展開されている。味付きのうずらの卵が、他のスーパーでここまでもてはやされているのは見たことがない。小袋、中袋、大袋、特大パック、中袋2袋セットなどやたらにパッケージにラインナップがあってとにかく人気らしい。ネット通販を見るとメーカーを横断した食べくらべ用3パックのセット販売というのまである。まさかという食品を流行らせるのも成城石井のトリッキーなところだ。

未知と既知が絶妙にバランスを取り、目が忙しい。成城石井に行くと興奮で頭が爆発しそうになる。

行こう、混乱の先へ

とにかくそわそわしてしまうから、行くのは好きなのだけどどうしていいか分からなくなることが多い。目的のものが決まっていればいざしらず、ぼんやりと、何かおいしいものでも買ってこようくらいの気持ちで行くと迫力に成敗されてしまう。混乱して泣きながら帰ってくるふがいない態度をもうずっととってきた。

そういう感情をふるわされる場所にこそ、好きな食べ物候補は埋まって私を待っているのではないか。

成城石井から、逃げない。

その気持ちを強く持って、都内大型店舗に乗り込んだ。

成城石井の食べ物において、これまで私がとくに戸惑いを感じていたのは総菜のコーナーだった。ポテトサラダやいなり寿司、コロッケといったスーパーで売られる定番の総菜を盤石にラインナップしながら、聞き慣れない外国の料理や凝った料理をアクロバティックに展開するのが成城石井の総菜の特長だ。

ぱっと見たときの情報量の多さにひるむばかりだったのだけど、あらためて負けない気持ちでしっかり眺めて気がついた。品々がひとつひとつ強く訴求する力のみなもとには、料理名の長さが貢献しているんじゃないか。

たとえばこんな具合だ。

・国産鶏ひき肉のガパオ風エスニック冷やし麺

・3種きのこと自家製ベーコンの白トリュフ風味リガトーニ
・冷やしピリ辛ひき肉の担々ジャージャー麺
・温めて食べる海老とあさりのタイ風春雨サラダ（ヤムウンセン）
・いぶりがっこ香るクリームチーズのカルボナーラリガトーニ
・桜海老の台湾風黒酢豆乳スープフォー
・グリーンハーカオ徳用

お笑いの界隈に、「誰と誰の何!?」という、そこにまるっきり手掛かりがないことを味わう言い回しがある（私はこの言い方を空気階段のコントではじめて知ったが、その後も別のコンビの漫才に出てきたのを聞いた）。まさにその状態がメニュー名の上で起こっている。一般的なスーパーの総菜は、ぱっとラベルを見ただけでそれが何か理解できる。けれど成城石井はそうはいかない。メニュー名が、ほとんど呪文だ。

ただ、落ち着いてじっくりメニューを読めば、新奇的ではあるもののなんとなく想像はつくのだ。これしきのことが、慌てていると分からないものだ。やっと、成城石井の総菜とちょっと分かり合えた気がする。

なお、「グリーンハーカオ徳用」だけはさっぱり分からなかった。お笑いコンビ名や劇団、バンド名などで名乗りたい勢いのある字面ではないか。調べると、グリーンハーカオは漢字で「翡翠《ひすい》餃子」。ほうれん草とニラを皮に練り込んだ餃子らしい。名前の複雑さにまどわされず落ち着いて品定めをして、これがあったと、忘れていた好きな気持ちを「国産小麦粉と牛豚肉のピロシキ」で思い出した。

そうだ、ピロシキだ。祖父がかつて渋谷にあったロシア料理の老舗ロゴスキーが好きで、中学生か高校生のころだったか、一度連れて行ってもらったことがある。そこではじめて食べて、肉の餡のあまりのジューシーさに感激したのだ。ロゴスキーは渋谷駅周辺の再開発で渋谷から離れ、今は銀座で営業していると聞いて一度行ってみたいと思っていたのにすっかり忘れていた。

もうケーキ屋だって言ってくれ

品名の長さはほどほどだけれど、種類の多さで人を圧倒するのがチルドのスイーツコーナーだろう。本気で作っていると思われるスイーツが、広い面積を割いてばりばりに陳列されている。成城石井オリジナルの商品あり、名店の商品あり、ここはケーキ屋ですと言ってくれないとおかしいくらいの種類と量だ。この店に来てスイーツコーナーで狼狽せずに買い物できる人がいるんだろうか。

ショートケーキやモンブラン、チーズケーキ、チョコレートケーキ、フルーツタルトといったフレッシュケーキはもちろん、ドーナツやカヌレ、マカロンのような焼き菓子も充実している。特長的なのがカップ入りのゼリーやプリンの種類の多さだ。白玉だんごやわらび餅、あんみつといった甘味系もカップ入りでうなりを上げる。そんなもの、もうどうしていいか分からない。

深呼吸してあらためて眺めても感心するラインナップだった。力を入れていると思われるチーズケーキはそれだけで10種類はある。

コーヒーゼリーも「コーヒーゼリー」、「アフォガード風コーヒーゼリー」、「大人のカフェオレプリン」の3種類があって、コーヒーゼリーだけでよく3種類も作れるものだなと、いや、作ろうと思えば作れるのかもしれないけれど、そもそも作ろう！と、思わないものなんじゃないか。じっとりとしたクレイジーなモチベーションの高さを感じる。

日ごろ私は賞味期限ぎりぎり間近の割引シールのついているものから絞ってやっと選ぶことができている。割引シールは他のスーパーにおいては安いからうれしいのだけど、成城石井においては選択肢を狭めてくれるありがたみの方が大きい。

動悸を押さえ、ひとつひとつをあらためて品定めした。

そういえばと思わされたのは、ティラミスだ。90年代に大流行したことから平成の懐かしいスイーツとして語られながら、ケーキ店でもコンビニでもスーパーでも実は現役で力強く売られている。とくべつな思い入れも思い出も何もないのだけど、ただ好きで、たまに買って食べている。ただ味が好き、これは好きな気持ちとして純粋で信用できる。

陳列棚のすみに焼き芋をみつけたときはぎょっとした。スイートポテトではない、焼いただけの、これは芋だ。「茨城県産紅はるか芋の焼き芋」とある。ぎょっとした、というのは、焼き芋こそ私の好物だからだ。

さつまいもが手ごろな値段で手に入る時期は買ってはじゃんじゃんオーブンで焼く。電子レンジや炊飯器、トースターに魚焼き器にフライパンと、ホイルで巻くか、ぬれた新聞紙を使うか、かつては焼き方の正解を求めさまよった。

それがここ10年ほどで一気に紅はるかのようなねっとりと甘い品種が出回るようになった。焼き方にこだわらなくても自宅でおいしく焼けるようになり、近頃はオーブンレンジに予熱なしから250℃、太さにもよるがだいたい30分くらいでおいしく焼きあがるから、いよいよ盛んに食べている。

そうだ、私には焼き芋があったんだ。

本能でダウジングする

ピロシキやティラミスなどの強者を抑え、焼き芋を好きな食べ物候補として新たに採取した。

さらに、試しに頭を空にして気の向くままに胃の向くまま買い物をしたらどうなるのだろうと、理屈の枷《かせ》を意識的に外して手を動かしてもみた。理性ではなく本能の声も聴いてみたい。ダウジング方式だ。

かごに入った(入れたんだけど)のは、「台湾風小籠包」と「コーヒーゼリー」と「スフレチーズケーキ」。結局またチーズケーキを買ってしまった。ここでまさか、未練があらわになった。

小籠包のことは実は気にはなっていた。餃子や焼売、それから肉まんもわざわざ皮で肉を包んでちょっとかわいくするのは料理としてあまりにロマンチックだ。肉に野菜や調味料を混ぜ込み、皮のなかをしっかりおいしくするのも気が利いていて、クリエイティブだと思う。小籠包はあつあつのスープを内包しており、かじったときに出るスープをすくって余さず食べる料理で、搭載されたゲーム性にもしびれる。

買って帰った小籠包は、熱湯にひたしてレンジにかけて温めるようにとパッケージにあった。むちむちっとした皮、調味せずそのままでも十分おいしいしっかり味の餡とスープに静かに納得する。

種類に渋滞が起きていたコーヒーゼリーは食べてみると思った以上にシンプルだ。気軽な味で、意気込んで食べるもんじゃない、大丈夫だ落ち着けと言われてるようだ。コーヒーゼリーというと私は喫茶チェーンのベローチェのコーヒーゼリーが好きで、これは足のついた容器に平たくゼリーが固められ、その上にソフトクリームがのる。コーヒーゼリーを食べるためにベローチェに行くくらいだから、ちゃんとそれなりに好きな食べ物なのだと思い出した。

それにしてもチーズケーキだ。成城石井はもはやケーキ屋を通り越してチーズケーキ屋を名乗っていいほどの種類を擁する。重めのベイクドチーズケーキが並ぶなかから、あえてスフレチーズケーキを選んだ。どうせおいしいのだろうと、すでにあきらめながら食べたらやっぱり好きだ。チーズケーキから、私はまだ逃げきれていなかった。

ここで飛び込んできた鯖寿司

と、実はここで思いもよらないことが起きた。帰り際、念のためもう一度総菜コーナーをチェックしていて、お弁当の一角を見落としていたのに気がついた。

成城石井のお弁当は、幕の内弁当やおにぎりの詰め合わせ、いなり寿司といったデイリーなお弁当に加えて駅弁などのローカルな取り寄せ系のお弁当も並ぶ。やり方にまったく抜かりがない。

柿の葉寿司や鱒寿司に、これがいつでも買えるのだよなあと目を細めて、はっとして、鯖寿司が数種展開されているのに気づいた。デパ地下で目をつけながら買わずにいて、心残りに思っていたんだ。

竹皮に包まれた「越中富山 焼き鯖寿司」を手に取る。パッケージ越しに、ずしっとした頼りがいのある重量が感じられる。素早くかすめ取るかのように買い物かごに入れた。

するとどうだろう、鯖寿司さえ持っていれば他には何もいらない、そんな気持ちの強さが湧いたのだ。

もしかして、これは好きな食べ物が人に与える光なのではないか。

うやうやしく開けて食べた。しっかりと押し固められたすし飯にタレで味付けされたぶ厚い鯖。みっしりしたご飯の威力と鯖にしっかり乗った脂で胃にずっしりたまって、食後は「満腹だ」と、唱えるように言い続けた。

押し寿司の、ぎゅっとまとめて押し固める作り方が頼もしい。

私はせっかちなたちだ。こらえ性がなく、早とちりもひどい。わーっとやってきたと思ったらわーっと帰って行くような性分で、細かいところに目配りをして丁寧に対処するのが苦手だ。

鯖寿司のようにみしっと一体として固まったその様相には、さっとつかんですっと食べられる手っ取り早さとか、物分かりの良さを感じる。気が合うとでも言おうか、そんな食べ物だ。

STEP

9

私は好きな食べ物とマッチングしたい

私は食べ物とマッチングしたい

成城石井で焼き芋と出会いなおし、そして思いもよらず鯖寿司へのときめきに気づかされた。

整理整頓の世界にときめきという精神性を導入し人々を驚かせたのはかの近藤麻理恵さんだが、取捨選択をする、選び取るということは、やはり理屈ではなく瞬発的なエモーションがものをいう。

念には念を入れ、さらに多くの食べ物を見て、自らの深層に潜むときめきを探したいが、さあどうしたものか。

はっとしたのが、昨今もはやパートナー探しの方法としてすっかりメジャーになったマッチングアプリだ。高速で大勢の人物の写真やプロフィールを眺めるインターフェイスは、もしかしたら好きな食べ物探しにも応用できるんじゃないか。

早速にもマッチングアプリのデベロッパーの門をたたき、人じゃなく、食べ物でもアプリ作ってくれませんかね！　と陳状を出したいところだけれど、事情を理解してもらう自信がちょっとない。何かいいマッチングのツールはないものかと、思いながら書店をぶらぶらしていて児童書の図鑑のコーナーでみつけたのが食べもの図鑑だった。

治安がいいタイプのマッチングアプリ

小学生を対象として作られる、A4より少し大きなハードカバーがおなじみの図鑑は、動物、植物、宇宙、などが各社から刊行され子どものころによく読んだ。その、学研の図鑑LIVEというシリーズに「食べもの」があったのだ。あるんだ、食べもの図鑑。

表紙には、ショートケーキ、ナポリタン、ハンバーガー、ステーキ、ピザ、トマト、フルーツ各種、オムライス、それにトウモロコシをかじる女の子の写真がデザインされている。図鑑の内容を映像で伝えるDVDまでついてくるというから頼もしい。

図鑑だというからには各種食べ物がうなって並ぶのだろう。埋もれる好きを探す、最後の試みとして図鑑を使うのはちょうどいいんじゃないか。

勇んで買って、ページを開いた。穀物、野菜、果物、畜産物、魚介類の順にさまざまな食べ物が紹介されている。

穀物のページの最初は「コメ」。コメでできた食べ物として、おにぎり、ぞうすい、甘酒、だんご、せんべい、そしてビーフンの写真が載っている。

コメでページを作るぞとなったとき、甘酒やだんご、ビーフンをピックアップするところに図鑑らしい「さまざまさ」を強く感じる。コメだからといって、並ぶ料理がおにぎり、寿司、親子丼、カレーライス、みたいなことにはならないのだ。あきらかにここには教養と秩序がある。治安がいいタイプのマッチングアプリだ。

安心して、早速さくさくとページをめくり、ときめく食べ物を確認していった。

そしてほとんどショックを受けたのが、餅を忘れていたことだ。成城石井で焼き芋を忘却していたときと同じ質と量の衝撃があった。まさか私が餅を忘れていたなんて。

餅とパンの話をしよう

餅が好きだ。

うちでは通年、スーパーで切り餅のパックを買ってたまに昼に食べる。あんこ餅やきなこ餅、ぜんざいに入れるなど、甘い系で食べるのが至高と考えてきたが、ここ数年で砂糖醤油にひたして海苔で巻く方式に目覚め、以来この甘じょっぱい磯辺巻きが定番になった。

正月には実家から引き継いだ味である、かつお出汁に小松菜と鶏肉とかまぼこと角餅を入れる江戸雑煮を作る。

桃太郎はきびだんごの配布により人員をリクルートする。私だったらなんかもらって部下になるならぜひ餅が欲しい。米にスピリチュアリティを感じる食文化のもとで生きてきた。その米をぎゅっとまとめて魂のようにしたのが餅だと思うと、これをもらって言うことを聞かないわけにはいかない。

そうだ、私には餅があった。

図鑑の冒頭部分でもういきなりときめきがひらめきまくってしまった。手元のメモに「餅」と書いて、とりあえず先に進むと、次の項目は「小麦」であり、そうして、パンが出た。

パン、そうなんだ、パンだよな。

デパ地下で、かっこいいパンを横目で見た。おしゃれに輝くようすをまぶしがるだけでスルーしたが、考えてみれば朝食に私は毎日食パンを楽しみに食べているのだ。普段は8枚切りのを焼いてジャムやピーナッツバター、あんこを塗ったり、ハムやチーズをのせて食べる。高校生の息子が6枚切り派だから自宅には常に8枚切りと6枚切りの食パンがある。

8枚切りの食パンをうっかり切らした朝は6枚切りのを食べるのだけど、するとほんの少しの厚みの違いで食べ物としてかなり性格が変わるものだからびっくりする。8枚切りの、もっぱらさくさくするばかりの食感と違って、6枚切りはサクッとしたなかにむっちりが加わる。

日ごろはデパ地下で売られるようないい食パンではなく、スーパーで袋に入って四角く売られる安いのを買ってくる。もちろん節約する意味の方がずっと大きいけれど、息子がおいしいパンを食べたときに新鮮においしいと驚きたいから普段から高いパンは食べないようにしようと提言し、共感した。

私たちは良いパンを貴び、良いパンを畏れ、良いパンの店の前を通るときはいつも、ちょっと見る。

好きな食べ物は複雑な心境と事情のなかに

大豆の項目には豆腐の写真が大きく掲載されていた。大豆といえば納豆もそうだ。豆腐と納豆をこれまで検討せずにいたことは省みねばならない。どちらもほぼ毎日食べていて、食べ物としてこの世から存在が消えたとしたら、海老のチリソースや鯖寿司がなくなるよりもずっと人生に与える影響は大きい。

これは好きな食べ物を語るうえで避けて通れない大きな問題だ。

好きな食べ物と、毎日食べる食べ物は、違う。

好きだからといって毎日食べたいわけではない。

小林聡美さんのエッセイ集『聡乃学習』に収録されている「食い意地という幸せ」に、最後の食事になるかもしれないと思い詰めた日にひとりで焼肉を食べに行って納得するシーンがある。焼肉は「私の中で絶対的に一位の存在ではない」と小林さんは言う。

最後の日に食べたい食べ物ですら、好きな食べ物とはすれ違うのだ。

一番好きな食べ物というのはこうした複雑な心境と事情のなかにある。豆腐と納豆をどうとらえるべきかは、好きな食べ物を語る難しさそのものだ。

野菜のコーナーからは、アボカドや焼き芋以上もう何も出てはくるまいと思ったら、かぼちゃがあった。かぼちゃこそ、素材でいうとかなり強めに好きと言える食材だ。煮物、サラダ、スープ、タルト、どう使っても間違いなく好きだ。

ここまで好きをこじらせた結果、食べ物に対して思い出はむしろない方が好きな気持ちが信じられる、という倒錯とも言える予感が立ち上がりつつある。思い出ベースで食に愛を宿すよりも、なんの物語もないけれど、ただ好きだという方が価値があるんじゃないかという理論だ。純粋理論とでも言おうか。

味が、存在が好きなだけ、くらいのシンプルさが徐々に自分のなかで価値をもつようになってきた感がある。とくに思い出も思い入れもなく、ただ味が好き、あとへんな形で色もかわいいかぼちゃに、まさにときめく。

果物にも見落としが発見された。梨だ。

旬のころでないとなかなか食べられないこともあって完全に忘却していたが、梨があったのだ。

人にくらべると果物にはそれほど執着がない。ＳＮＳでまれに起こる桃やマスクメロンなどの高級フルーツへの熱狂からは距離を感じていた。華やかさに目を楽しませることはあっても胃が前のめりになることではない。

そんななか梨だけは自信を持って好きと言える理由がある。好きな品種がちゃんとあるのだ。二十世紀梨だ。実が大きくて頼もしくって、かじればじゃりじゃりした梨らしい食感が強くてすっぱいのがいい。

梨の不思議なキャッチーさはサブカル的に消費されている手ざわりがある。「アメトーーク！」でかつて梨芸人回が組まれたことがあった。きっと、梨に言及すること自体へのメタな面白さに目がつけられたのではないか。

ちょっと伝わるか微妙なところなのだけど、梨は稀有な、なんちゃって性が内包されているように思えるのだ。

仮説でしかないが、りんごに対して梨はちょっと〝じゃない方〟感がある。りんごは、あのAppleであり、あの林檎である。果物でありながら、物としての存在感が半端ではない。

味はもちろん、立ち位置も含めて梨はちょっと目が離せない果物なのだと思う。

1万をスワイプしてたどりつく境地とは

マッチングアプリを使ってパートナーを探したことのある友人から話を聞いた。彼女は最終的なパートナーとめぐりあうまでに、おそらく1万人以上の写真を見ただろうと言う。彼女の理想が高すぎるということではなく、こちらがいいと思っても向こうがそうではないことが多いからだそうで、独特の厳しさのある世界だ。

厳しいが、それにしても1万人と可能性をやりとりできるのはすごい。食べもの図鑑には、1万もの食べ物は掲載されていない。

たくさん見られる良さはちゃんとあったし、DVDも正座で観た。右に挙げた食べ物以外にも、栗きんとん、レバーペースト、中華ちまきの存在を思い出してうめいた。

魚の項目で、貝類が紹介されていたのにもはっとした。寿司を好きなものとして考えたとき、ひとつの料理としての寿司のとらえきれなさにすっかり翻弄された。なんの寿司が好きかと言われればなかなか選べるものではないとひるんだのだけど、赤貝の握り寿司には可能性を感じる。赤貝のあの、シャリと貝の食感のあからさまな差異は魚の寿司にはない趣がある。寿司の絵を描いたときにはちょっと描かれにくい、〝実はある〟的なポジションも魅力的だ。


強いて図鑑から候補を選ぶとしたら餅と梨か……。

確認しても確認しても、まだまだ好きな食べ物の候補が出てくるさまには慌てるしかない。人間と同じで、1万くらいの食べ物をどんどんスワイプしないと最終的なパートナーにはたどりつけないのか。

悪いのは私じゃありません！

ネガティブな状況におちいったとき、人は瞬間的にまずは自分を疑うものだ。非は自分にあるのではないか、努力で防げたはずだと。けれど状況と対峙するうちに、じわじわ、あれ、これもしかして自分じゃなく仕組みやタイミングが悪かったんじゃないかと、はっとして気づいて肩の荷が下りるように解放されることがある。

逡巡を繰り返してようやくつかんだ。「好きな食べ物はなんですか」という質問に私がここまでムキになり熱心に取り組んでいるのは、ただシンプルに、この問いがあまりに難題だからだ。

向き合えば向き合うほど複雑な質問だなあと思ってはきた。それでも「好きな食べ物はなんですか」のとぼけてあっけらかんとした問われ心地に、気勢をそがれるようにへなへなと、なぜ答えられないのかとしょんぼりし続けていた。なんだかいつまでも芯が食えない。

ここであらためて認識しておこう。

「好きな食べ物はなんですか」という質問は、実ははちゃめちゃに難しい、ヒントの少ない放り出すような問いなのだ。

毎日食べたいものと、好きな食べ物との違い。

死ぬ前に食べたいものすら好きな食べ物とは違う。

好きな食べ物と、実際に食べ物を食べることのあいだには、なんだか妙な溝がある。

もしかして私、恋愛と結婚の話してますかね？

好きな食べ物と、食べる私の気持ちのあいだ

世の中には快楽的な食べ物と禁欲的な食べ物がある。

前者は揚げ物やケーキといった油分や糖分の多い、体を甘やかすような食べ物。後者は鶏のささみとかサラダ、大豆食品のような健康的とされる食べ物で、私などはそもそもは前者が好きなのだけど、毎日食べて健康を害するのは困る。年齢があがり、油の多いものは量が食べられなくもなってきた。

そこで日々後者を中心に食べて、結果、後者的な食生活に慣れて愛し、前者を畏怖するような感性が今や私のなかに仕上がりつつある。快楽的な食べ物はテンションが

高く、好きを鼓舞する。生命力があって食べ物として光り輝く。いっぽうでいかにも健康的なものを食べることは心に平穏をもたらしてくれる。ここにも気持ちの揺れがある。ひとことで好きと言っても、種類がある。

憧れる、尊敬する、共感する、興奮する、安心する、好きな気持ちにはさまざまにポジティブな感情が同居する。対象によって心の動きはずいぶん違う。

憧れるのは寿司で、尊敬するのはおはぎで、共感するのはオムライスで、興奮するのは安いドーナツで、安心するのは肉まんだ。エビチリに守られて、寿司に納得して、チーズケーキにときめいて、こんぶ飴に笑って、アボカドに可能性を感じ続ける。好きな食べ物たちは、それぞれ別の感情を連れてくる。それで私はずっと、くるくる翻弄させられるのだ。

忘れていたプレイヤーたちが脳内に集まってきた。連続テレビ小説の最終回みたいな状況が、今食べ物で再現されている。

STEP 10

好きを因数分解する方法があった

好きを因数分解しまくる先人たち

デイリーポータルZというウェブメディアがある。世の中のトレンドはほとんど意識せず、取材するライターたちが興奮したことだけ追うのが特長だ。私は長くこのサイトの編集部に在籍し、今もライターとして寄稿を続けている。

2003年のサイト開設から脈々と載せ続けられてきたバックナンバーはもはや数え切れず、1万5000本以上あるそうだ。そんな記事のなかに、食べ物について好きな気持ちを詳細に語る方法を鋭くまとめた企画がある。

ひとつが、與座《よざ》ひかるさんが書いた「ご飯の好みだけを書く『食のプロフィール帳』を作る（https://dailyportalz.jp/kiji/food-profile-book）」だ。

住所や電話番号といった基本的な情報から、趣味や特技、それこそ好きな食べ物などがアンケートのように書けるようになっているのが一般的なプロフィール帳だけれど、與座さんはそれの食の特化版を作った。

見ると、食という海の広さを思い知らされる。食べ物にここまで語りしろがあるのだと思うと恐ろしい。私はこれを好きのひとことで、しかもひとつの食材で片付けようと立ち向かってあがいていたのだ。そんなの、難しいわけだ。

〝いろんな角度から食でその人をあぶり出すぞという思いで作った〟と記事にはある。與座さんは、食を介してその人の人となりが知りたいのだ。「好きな食べ物はなんですか」という質問をいっそうコミュニケーションに近づけたのがこの食のプロフィール帳なのだろう。

無心で答えた。漠然とした「好きな食べ物はなんですか」という問いの投げかけにくらべた答えやすさにうめく。手探りするような暗中の困惑なく、するすると答えが出てくる。悩んでも、考えたり思い出したり頭を働かせるとっかかりがあって、やがてちゃんとひらめく。

どっち派？のコーナー

★朝（**パン**・ごはん）
★ラーメン（醤油・**塩**・味噌・豚骨）
★ポップコーン（塩・**キャラメル**）
★あんこ（こしあん・**つぶあん**）
★卵焼き（**甘め**・しょっぱ・だし）
★カントリーマアム（**白**・茶）
★柿ピーの重要度（柿・**ピー**）
★仕事中（**コーヒー**・紅茶・その他）
★アイス（カップ・**コーン**）

最近ハマっている食べ物

ベースブレッド

おすすめポイント
進化しておいしくなった

コンビニで買えるもので大好きベスト3

ミックスサンド
チーズケーキ
ブランドーナツ
ローソン

苦手ORまだ良さがわからない食べ物

	理由
もずく	ぬるぬるして長い
生クリーム	ぬるい
小さいタピオカ	こわい
大盛り	食べきれない

死ぬ前にこれ食べたい！

おはぎ

まだ食べてないけど食べたい

パイコー飯

大人になってから好きになった

アボカド

海外の料理で特に好きなもの

グリーンカレー

マイベストごはん屋

1位 ロイヤルホスト
2位 サブウェイ
3位 ドトール

個人的 粉 TOP3

No.1 きなこ
No.2 すりごま
No.3 さとう

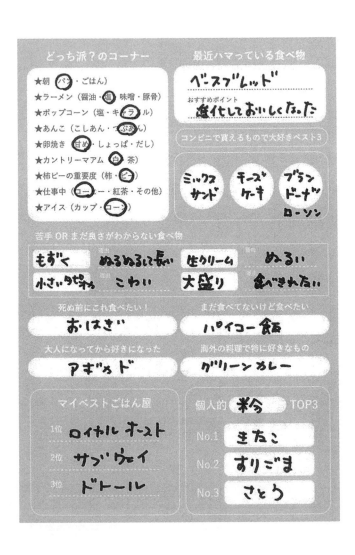

#食のプロフィール帳

古賀及子

なんでもTOP3

	1位	2位	3位
好きな野菜	さつまいも	かぼちゃ	トマト
好きな果物	梨	すいか	りんご
好きな味噌汁の具	油あげ	わかめ	大根
好きな飲み物（お茶、ソフトドリンクどちらも可）	麦とホップ	コーラ	コーヒー

アボカド？？

なんでもマイベスト

寿司 赤貝	パスタ ペペロンチーノ	ラーメン 塩	パン 食パン
コンビニチキン	丼物 海鮮	きのこ しいたけ	カップヌードルの味 トムヤムクン
おでんの具 大根	おにぎり 梅	おつまみ ピーナッツ	中華まん あん

スイーツ&お菓子

- 駄菓子 ふがし
- ポテチ うすしお
- アイス 塩ジェラート
- チョコ 麦チョコ
- ケーキ チーズケーキ
- グミ 果汁グミオレンジ

＼このお店では絶対これ！！／

- ミスタードーナツ ハニーディップ
- マクドナルド ハンバーガー
- サイゼリヤ タラコとエビのドリア
- スターバックス 根菜チキンサラダラップ
- 大戸屋

まだ食べていないけど食べたいものの記入欄があるのにも、食を語ることの終わらなさ、続く人生の希望が感じられていい。私は台湾の料理にずっと憧れながら食べるタイミングを逸したままだったことに気がついた。

見返すと我ながら謎だと感じる回答もある。個人的トップ3が〝粉〟とは……。

シチュエーションから好きを見つめる

「好き」ってなんなんだと、その気持ちの揺れ動きに種類があることに気づいて取り組んだのはトルーさんだ。

気持ちを状況別にあぶり出すため、問いかけて自分をゆさぶるアンケートシートを記事「好きな寿司ネタを細かく聞く〜『死ぬ前に食べたい?』『両親に紹介したい?』(https://dailyportalz.jp/kiji/suki_na_sushi_komakaku)」で作成した。

無人島に持っていきたい、これのコスプレをしたい、写生したいなど、えっと思うような好きの表し方が次々展開されているが、トルーさんは〝強いて言うならこれ、というものを答える。ちょっと無理をするところに知らない自分への入り口があるのだ。筋トレと同じである〟と言う。各項はふざけているのではなく、自分を追い込むストイックさの表れなのだ。

記事ではこのアンケートへの記入を通じて、寿司ネタやお菓子各種がどのような存在なのかを精密に観察することに成功している。

ストレートに「好きな食べ物を考える」として記入してみた。

なんか落ち着く	友達になりたい
肉まん	梨
二人きりで旅行がしたい	何らかの賞を獲るべき
海老のチリソース	すき焼き
この柄のTシャツが欲しい	恩を感じている
オムライス	お寿司
これのコスプレをしたい	席替えで隣だったら嬉しい
マずねド	グリーンカレー
夢に出てきたことがある	俺のことを意識してそう
チーズケーキ	安いドーナツ

好きな 食べ物 を考える

無人島に持っていきたい	一週間毎日でもいい	この抱き枕が欲しい
餅	焼き芋	オムライス
エピソードがある	死ぬ前に食べたい/会いたい	定価の倍でも欲しい
グリーンカレー	おはぎ	梨
キュンとしたことがある	ちょっとした変化に気づける	両親に紹介したい
チーズケーキ	アボカド	鯖寿司
写生したい	展示されてたらじっくり見る	吉事を報告したい
焼き芋	冷麺	餅
山頂で名前を叫びたい	何だか気になる/つい見てしまう	自分のルーツに関係している
こんぶ飴	鯖寿司	お寿司

「無人島に持っていきたい」というのはこういった遊びのアンケートの定番の質問項目だけど、食べ物に限ると必死感が出るのは笑った。餅で私は生き延びたい。定価の倍でも欲しいものも苦慮したけれど、季節の同情で梨が強かった。

このなかからたったひとつ「好きな食べ物はなんですか」の答えを導くとしたら、一番自分が大切にしている項目から逆算してピックアップすることになるだろうか。「両親に紹介したい」は結婚を連想させ、人生における重要度がかいま見える。やはり鯖寿司は私にとって大切な人なのだ。ただ、「なんか落ち着く」くらいが結果的に自分を支え助けるのではとも思う。ここで肉まんが飛び出してきた。

みんなに知らせたい、発表したい気持ちから考えると思い切って「山頂で名前を叫びたい」こんぶ飴をフィーチャーしてもよいのではと思える。

與座さんとトルーさんの企画からは、断言ができない心境の機微を丁寧に掬《すく》いたい優しさを感じる。いつだって私たちは言い切れなさのなかにいる。そのさまに直にふれた思いだ。

企画を通じ、豊かなものの考え方を新鮮に味わった。勇気をもらった気持ちだ。今こそ思い切れる気がする。腹を決めねばなるまい。唯一ひとつの好きな食べ物を、そろそろ決定しよう。ほとんど、これは覚悟だ。

STEP

11

嘘でもいいから好きと言ってみる

まずは一旦決めてみる

母方の祖母は自らを「凝り性」だとよく言った。

たまに連れて行ってくれる店に和風スパゲティの専門店があって、この店はミートソースベース、ホワイトソースベース、オイルベースなど味の方向性ごとにたくさんの種類のスパゲティをメニューに並べていたのだけど、祖母はいつ行っても必ず醤油味ベースのきのこのスパゲティをとった。

「凝り性だからね。最近は店に入ると、いつものですか？　なんて聞かれるよ」

私などはいろんな種類をできるだけ幅広く食べて、おいしさはもちろん、味のバリエーション自体をも味わいたいといつも目をぎらつかせていた。祖母の潔いさまを、店に行くたびに珍しく眺めた。

祖母はさばけて垢抜けた粋な人でもあった。同じものを毎度選ぶのは、「いつものですか？」とお店の人に聞かれたいから、常連の振る舞いとして無意識に選んだことだったのかもしれない。

なにしろメニューをひとつにあらかじめ決めておくという態度は、きっぱりしていて思い切りがいい。

好きな食べ物も、先んじて一度決めてしまって、そこに意識を向かわせていくのはどうだろう。

中学生の娘がきっぱりとして「これからは、タコライスを好きな食べ物ということにする」と宣言したのも、高校生の息子が自分に言い聞かせるみたいに「杏仁豆腐が好きだなあ」と何度も言っていたのも、自分のなかで決めて定める気概があった。

多かれ少なかれ、好きな食べ物とは決定の手続きを経るものなのだ。

この、決めてみる感触を分かりたい。それをしていい段階に、私はもうきているのだと思う。

ここで思い切って、私は鯖寿司を「好きな食べ物」と制定することにした。成城石井で手に持ったとき、はっと気がつくような感覚があった。あのひらめきを信じたい。

私の好きな食べ物は、鯖寿司です

さて、私の好きな食べ物は、鯖寿司です。

鯖の押し寿司であればどんなものでも大好きです。巻き簀《す》で巻く、半身を使った身の厚い鯖のはもちろん、いわゆる「バッテラ」と呼ばれるような、昆布でしめて薄くそいだ鯖を型で押すタイプのもどっちも好きです。言うほどよく食べるということは実はなくて、たまにデパ地下に行ったときに思い出して買ったり、あとはスーパーのお弁当コーナーで見かけて買うこともあります。鯖がそもそも好きで、三陸沖で獲れるブランド鯖で金華さばってあるじゃないですか、あれ食べて泣いちゃったことがあるんです。おいしくって、うれしくって。ブランド品じゃなくても、安いやつでもぜんぜん好きです。家で一番よく食べる魚は間違いなく鯖です。しめ鯖はもちろん、煮るのも焼くのも好きです。

それに酢飯も大好きなんですよね。手巻き寿司をやると、つい酢飯だけ巻いて食べるターンを作っちゃいます。おいしいですよ。

あと、押し寿司って食べるとむちゃくちゃお腹いっぱいになりませんか？　ご飯をぎゅーって押してるからそりゃそうですよね。あの満腹感にすっごい安心するんです。大丈夫な気分になる。

情けない話なんですけど、もうそれなりにしっかり中年なもので、量がたくさん食べられなくって、お肉たくさんとか、揚げ物たくさんとか、見るだけで自分が不安なんですよ。食べ切れるかな……ってはらはらします。絶対に残したくない気持ちって強いじゃないですか。その気持ちに勝手に脅迫されるんです。

でも、鯖寿司は体積が小さいから食べられちゃうんです。持つとずっしりして、ぎゅって詰まってて、カロリーもそれなりに高いとは思うんだけど、1本くらいだったら食べられます。そうすると、まだ食べられるじゃん！　って、自信がわいてくるんです。甘いものを食べすぎたときの罪悪感とはぜんぜん違う全能感が鯖寿司で得られるんですよ。

ばってらって大阪のものなんですよね。あんまりちゃんと知らなかったのを最近恥じてます。今度大阪に行ったら食べてみようと思ってるんですよ。楽しみです。

誰だ、この人は。

私だ。

鯖寿司が好きな私が新登場した

おそるべきよどみなさで早口で語り出してしまった。なんだか怖くなって途中で口をつぐんだけれど、話そうと思えばまだまだしゃべれる。叔母が予約までしてデパ地下の鯖寿司を買っていた話、母の実家が魚屋であること、好きとはいえ晩ごはんに食べるとして他に何を合わせればしっくりくるのかが今ひとつピンとこないこと……。もっとしゃべりたい。

SNSのアカウントのプロフィール欄にも「好きな食べ物は鯖寿司です🐟」と書いた。

フックのある食べ物を大喜利的に作為的に好きな食べ物としてプロフィール欄に書くことはあると思うのだけど、鯖寿司というのは真顔で本気の感じがする。こんなの、完全に鯖寿司が好きな人でしかあり得ず、納得の手応えがある。魚の絵文字もいい。

鯖寿司が好きな私は、思った以上に簡単に登場した。人格が3Dプリンタで生成されるみたいに浮かび上がってきた。

「私の好きな食べ物が鯖寿司だ」というのとは絶妙に違う。「鯖寿司が好きな私」が新登場した。

新たな自分としてこれからはやっていくのだという気分を古くから〝デビュー〟という。高校デビューとか、大学デビューというやつだ。つまり私は鯖寿司デビューしたわけだ。

鯖寿司に対し積極的になる

鯖寿司好きとして、この世で新たに暮らしはじめた私だ。

自然と所用で街に出た際などは、どこか

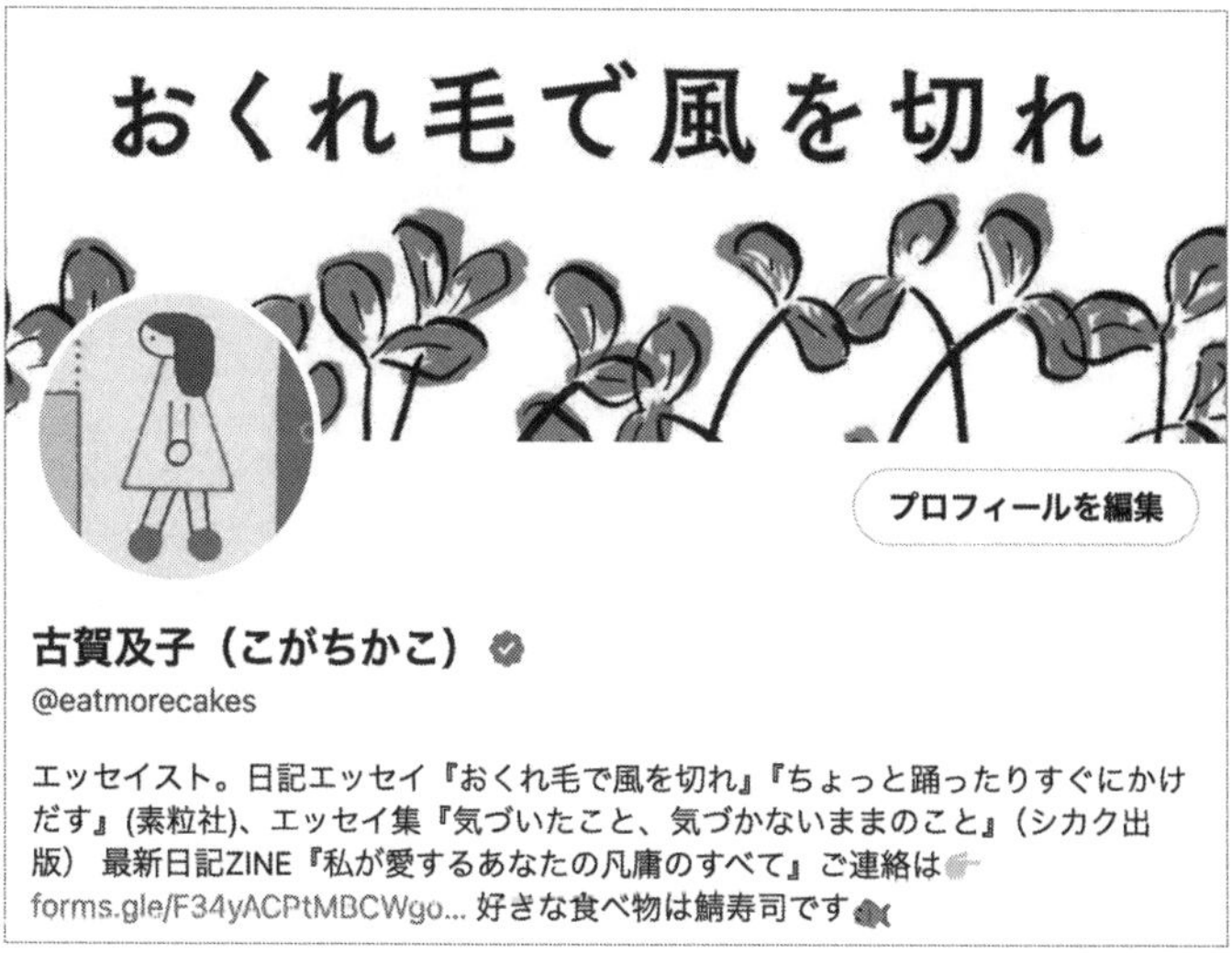
おくれ毛で風を切れ
プロフィールを編集
古賀及子（こがちかこ）
@eatmorecakes
エッセイスト。日記エッセイ『おくれ毛で風を切れ』『ちょっと踊ったりすぐにかけだす』(素粒社)、エッセイ集『気づいたこと、気づかないままのこと』（シカク出版） 最新日記ZINE『私が愛するあなたの凡庸のすべて』ご連絡は
forms.gle/F34yACPtMBCWgo... 好きな食べ物は鯖寿司です

で鯖寿司が売られていまいか目で探すようになった。

すると案外、鯖寿司という食べ物が私の暮らす東京において一般的だと気づかされる。スーパーだと寿司コーナーにはだいたいある。商店街にある江戸前の握り寿司の持ち帰り店舗にも、鯖寿司は並んでいる。デパ地下だと、太巻きやいなり寿司、茶巾寿司を並べるお店が鯖の棒寿司とばってらの両方を揃えることが多いようだ。

打ち合わせで田園調布駅で降りる機会があった際には、駅構内で鯖寿司をみつけた。地下のホームから階段で改札階に上がったところに「すし醍醐」と書かれた看板とテイクアウト販売用の窓がある。窓の向こうに大阪寿司のサンプルが並んでいて、しめ鯖を使った鯖の棒寿司とばってらの両方があった。この店は改札のなかからでも外からでも買い物ができる仕組みになっていて、店内で職人さんが作業している様子が見えた。お寿司は注文が入ってから作るそうで、そんなの絶対においしい。

駅の店は売店で、近くには売店とは別に本店がある。本店は江戸前寿司と大阪寿司を両方出すハイブリットなお寿司屋だそうだ。

田園調布でお会いした方にそのことを話すと、さらに芋づる式に情報が得られた。田園調布駅から電車で20分くらいで行ける戸越銀座商店街に福井県坂井市のアンテナショップがあり、そこで坂井市のお店が作る焼き鯖寿司が買えるというのだ。

福井といえば鯖寿司界においては焼き鯖寿司で気を吐く土地だ。

東京でぼんやり鯖寿司を買うと、だいたいはしめ鯖を使った棒寿司が自動的に入手される。焼いた鯖を使ったものはちゃんと目指して「買うぞ！」と思ってはじめて手に入れられるもので、鯖寿司のなかでもレア度が高い。

しかも福井の焼き鯖寿司は、デフォルトで鯖の身とご飯のあいだに大葉やガリを挟むのが特長だ。実は私は食べたことがなかった。

おいしい世界と自分が密接する

普段だったら「そうなんだ、おいしそうだなあ」と思うだけ思い、いつか食べてみようなどと先延ばしにして帰宅してしまうのが覇気のない私の行動パターンだ。けれど、今日は鯖寿司ファンとしての元気があった。福井の焼き鯖寿司を、このまま食べないわけにはいきませんわなと、田園調布からの帰りにアンテナショップに寄る、自分でも思わぬ行動力を発揮したのだ。

さすがに名物だけあって、お店では4種類もの鯖寿司が冷凍で展開されている。柚子味のもの、照り焼き味のもの、焼き鯖ではなくしめ鯖のもの、そしてレギュラーの焼き鯖寿司だ。あれこれ気にはなるものの、まずはやっぱり焼き鯖寿司だろう。

購入すると、お店の方が解凍方法を教えてくださった。いわく、直射日光にさえ当てなければ、常温での解凍でも、湯せんや流水やため水の解凍でも、なんならレンジでもいける、とのこと。

名品だけに丁寧にデリケートに解凍することで最大限のおいしさが得られるのだろうと思ったのだけど、適当に解凍してもおいしいと聞くと逆に迫力がある。私のように雑に生きている者にとっては大きな希望を感じる。

帰って包みから真空パックに入った鯖寿司を取り出し、1時間ほどため水につけておくとほど良い塩梅《あんばい》にやわらかくなった。

食べると、なるほどこの解凍方法でまったく問題ない。むちゃくちゃ、ちゃんとおいしい。

解凍が適当でも大丈夫である理由は、食べてちょっと解った気がした。全体がもはや一体なのだ。ご飯部分がむっちり餅のようにまとまっていて、そのまとまりが大葉もガリも焼き鯖もすっかり抱擁している。発酵させて作るなれ寿司とは違うは違うけれど、ちょっと近いような、真空パックされて寝かされたおいしさをぞくぞく感じた。焼き鯖は脂っこすぎずにマイルドで、ご飯もお酢がきつくない。全体的に優しい鯖寿司だった。1本1400円する。いいことがあった日とか、逆につらすぎてしんどいときにまた買いに行こう。

好きだと認定することにより、責任のようなものがポジティブに発生し、私を動かした。これまで接してこなかったおいしい世界と急接近した手ごたえがある。

アンテナショップでは福井県の観光案内のパンフレットももらってきた。もともと私の福井のイメージといえば恐竜や豊かな食文化を差し置いて東尋坊《とうじんぼう》だったのだけど、その東尋坊があるのが坂井市だと、お恥ずかしながらはじめて知った。

鯖寿司がきっかけになって、知見も広がっていく。心強い。

新しい拠り所ができたようだ。

歩けば肩が風を切る。鯖寿司を好きな私が通りますよ。

セルフプロデュースは武装する心強さ

鯖寿司を心に暮らすようになって、私はユコのことを思い出した。10代の学生のころからの友人で、本名はマユコだ。名前がマユコで、呼び名がユコというのがとてもかわいらしくて素敵だなあと私は羨んで、それを共通の友人に打ち明けたことがある。するとその友人はこう言った。

「ユコは自分から『ユコって呼んでください』って自己紹介するんだよ。上手にセルフプロデュースしてるよね」

衝撃だった。私のこと○○って呼んでねと、自分から言う発想が私にはまったくなかった。漫画でそんなセリフを見ることはあったけれど、それが現実の発言たり得るとはまるで紐づいていなかった。

セルフプロデュースであると評した友人の発言もまた驚きだ。自分のイメージを自分でコントロールするという概念の存在をはじめて知った私は大慌てし、無策な自分の脇の甘さを振り返ってショックを受けたのだった。

こじらせた自意識はその後もあいまいに浮遊して、しっかりセルフプロデュースできないますますっかり大人になりおおせた。初対面で呼び名のリクエストをするようなこともなかなかうまくはいかないままだった。

それが今、好きな食べ物は鯖寿司ですと、それだけは決まったのだ。

初対面でもいきなり言える（聞かれればではあるものの！）。

自分をどう表出するかの指針がきっぱりとして決まったのは実ははじめてのことかもしれない。

威光を感じさせる食べ物を背負いたいとばかりに海老のチリソースをみつけたが、権威的な食べ物ではなくても、宣言して携えること自体がこんなにも助けになるのだ。

いつでも来い、むしろ来い、「好きな食べ物はなんですか」と呼ばれる日が、今や待ち遠しい。聞かれたいがために自分から人に「好きな食べ物はなんですか」と聞いてしまいそうになる。今にも外へ飛び出して、海まで走り出しそうだ（鯖はどこか！）。

そうして、念のために振り出しには戻しておきたい。

鯖寿司を好きな食べ物に据えたのは、好きな食べ物がある状態の自分のマインドを知るために便宜的にそうしたのだった。効用は激しく理解した。

海まで走っていってしまった自分を一旦、呼び戻そう。私の好きな食べ物は、本当に、鯖寿司でいいんだろうか。

STEP 12

私が好きな私はどんな私ですか

考えるべきは、どの私が私は好きかだ

もともと私は、あるひとつの食べ物を好きな食べ物として認定して表彰台の1位に立たせることで、それをくつがえす別の食べ物がやってきて1位の座から引きずり下ろす、それを繰り返すうちに純度の高い好きな食べ物が目の前に立ち現れるのだろうと思った。

けれど現実はそううまくはいかなかった。1位がなんなのかあいまいなまま好きな食べ物がどんどん名乗りをあげて表彰台の周りに集まってきた。表彰台は3位までしか席がないのに、1位も2位も3位も決められないままに、周りを食べ物がどんどん取り囲んでいく。

結果、同列で16もの食べ物が私を囲んで手をつないで今やぐるぐる回っている状況だ。たくさんの好きな食べ物たちに守られて心強くはあるのだけど、真ん中で私は頭をかかえてしゃがんでいる。

どうしたものかと、思うあいだもお腹はすいて、何か食べては「もしかしてこれも

好きかもしれないな」などと気持ちは揺れ、ある日もいつものように朝、食パンを食べながら「あっ！」と声が出た。

違う！

私は今、私が一番好きな食べ物はなんなのかを考えるフェーズには、もういないんだ。

今、考えるべきは、どの食べ物が好きな私を私は好きか、だ。

好きな食べ物は、もう十分に選んだ。「古賀さんが好きな食べ物」と、人に認められることの重要性も理解した。

だからあとは、「その食べ物を好きだと言う自分」に着目して選べばいいんだ。

小学5年生のころ、教室で「好きな食べ物はアボカドです」と言った私の姿がまぼ

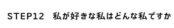

たきをする目の裏に浮かんだ。私は、アボカドのようなまだ珍しい語感の面白い食べ物が好きな人として見られたかった。

あのときは、好きな食べ物の入り口にいきなり自意識を投影したのがよくなかった。入り口じゃなくて、仕上げが自意識なんだ。今が、好きな食べ物と自意識をシンクロさせるタイミングなんだ。

最近私はチーズトーストをよく食べる。安い食パンに安い薄い溶けるチーズをのせて焼いて、その上にこれも安い大容量で売られるタイプのはちみつをとろとろまわしかけて食べる。

天啓だった。「あっ!」と声を出して私はしばらく動かなかった。手に持ったトーストの、チーズの上をするするはちみつがすべり落ちて皿に垂れてたまっていく。目で追って、チーズトーストじゃなくって、普通のトーストだったら、はちみつはパンの生地に吸収されてこんなにはすべらなかっただろうなと思った。

自分がどうありたいかこそが本質

「好きな食べ物」は、自分に言い聞かせることで自分の人生を豊かにもするものであり、大勢の人の前で発表したり、ごく個人的なコミュニケーションをするためにも機能する「ことば」だ。

自分にかける、これは魔法だ。

自分がどうありたいか、それが問いの本質なんだ。

すでに分かっていたことじゃないか。

サンリオのキャラクターたちがどういった食べ物を好きと表明しているかにふれた。彼らの好きな食べ物は、デザインだ。どう存在するか、どう見せるか、キャラクターという厳しい世界でパフォーマンスするために設定された研ぎ澄まされたアイデンティティだ。

友人のマユコは自分のことを「ユコと呼んでね」と自己紹介した。ユコは、周囲の友人にとっても、そして自分自身も「ユコと呼ばれる自分」でありたかった。

これは自意識の問題だ。

1979年生まれの私にとって、自意識過剰という言葉は長らく悪口だった。けれど、はっとして気がつけば2020年代も中盤の今、自意識が過剰なのはもはや当然のこととして受け入れられるようになった。

かつての私たちは、なんで自意識を厳しく抑制し、ナチュラルらしくいることにこだわってすがっていたんだろう。

自意識が過剰でどうするという、古くから今なお持ち続けるうっすらした気持ちが、「どの食べ物が好きな私を、私が好きか」という解決への着地を遠慮していた。

私は好きな食べ物を確固として決めている人にずっと憧れていた。素直に答えるにしろ、面白みや下心を盛って答えるにしろ、なにしろ、自分がこうありたいと見定めて、自分をこう見せようと腹を決めている、その潔さにまぶしさを感じていたのだ。

「〇〇が好きな私」を私は好きだろうか

ああ、見える。見えました。好きな食べ物をどう決めたらいいかが、解った。もう大丈夫です。みんな、どうか安心してください。

張り切って16の食べ物を、試しに宣言してみよう。その私を、私は好きだろうか。

「好きな食べ物はアボカドです」

気持ちは分かるが、料理でなく素材なのは私には心もとない。

「好きな食べ物はチーズケーキです」

かわいい。かわいさが行きすぎている。それにちょっと私にはおしゃれすぎる。

「好きな食べ物はおはぎです」

おはぎは絶対においしいし大好きなのだけど……もう少し華やかでありたい……！

「好きな食べ物はお寿司です」

お寿司が好きというのはやはり度胸がいるなと思う。ネタごとの味の違いも私にはまだ味わい切れていない。

「好きな食べ物はオムライスです」

かわいすぎる。恐縮だ。

「好きな食べ物は安いドーナツです」

発表せずに、静かに好んで食べる方がきっと楽しい。

「好きな食べ物は海老のチリソースです」

おいしいし、好きで間違いない。海老のチリソースに対し私がかすむかもしれないと思った。主従のバランスが取れない。

「好きな食べ物はこんぶ飴です」

こんぶ飴を自分の食べ物の唯一の象徴としていいかどうか、今ひとつ覚悟が決まり切らない。勝手な物言いになるが、やや頼りないということかもしれない。

「好きな食べ物はすき焼きです」

祖父ありきの味だなと思う。好きな食べ物というよりも、大切な思い出だ。

「好きな食べ物は肉まんです」

悪くない。でも語感がわんぱくすぎないか。

「好きな食べ物はグリーンカレーです」

もうちょっと経験が欲しい。もっと真面目に食べてから好きと言いたい。あと、私にしてはおしゃれだなとも思う。

「好きな食べ物は冷麺です」

好きだけれど、自分と一体かというと距離がある。食べるときは歩み寄っている感覚がある。

「好きな食べ物は焼き芋です」

焼き芋が好きな自分は大好きだ。でもあえて人に声高に言わなくてもいいかなと思ってしまった。自分に焼き芋に対してこんな気持ちがあるだなんて驚いている。でも、今だけは素直になりたい。

「好きな食べ物は鯖寿司です」

とてもいい。母の実家が魚屋である以上、魚はきっと私を守護する。鯖は光ってかっこいい。ただ、もうちょっとかわいげがあってもいいかもしれない。

「好きな食べ物は餅です」

餅が好きな自分はすごくいいなと思った。生命力にあふれているし、白さは潔さにも通じている。

「好きな食べ物は梨です」

どこかに文脈を感じる。私はもうちょっと能天気でありたい。梨が好きな気持ちは温めるとして。

それぞれを好きだという自分にフォーカスすることによって思わぬ本音が見えてきた。

16の食べ物を行ったり来たりしながら考えた。すると、餅が好きな自分に私は興味があることが分かってきた。

まさか、餅なのか。ふるえるほどシンプルな答えにたどりつこうとしている。

餅の狭さと広さ

ここまできて、餅？　とは自分でも思う。

フェティッシュについて考えたとき、ある程度限定する、レンジを狭めたところに好きは宿るのではないかと仮説を立てた。餅はそこに真っ向から立ち向かうような、食べ物としては広義に解釈できるアンサーだ。

だけど、どうだろう。「好きな食べ物は、餅です」と口に出して言ったときに、それほど回答として大味ではないような気分がある。

「好きな食べ物は、白飯です」とか「パンです」と言うのにくらべて、「餅です」にはワードに決め打ちの強度がある。

白飯はシンプルすぎて、言う人間の側に物語が必要だ。好きすぎて何杯食べるのだとか、炊飯にこだわりがあるとか、推しのお米の銘柄があるとか、なくてもいいのだけど人情的にどうしても背景を期待してしまう。パンも同様だ。そこが餅だと「好きな食べ物は餅です」のひとことで、すでに聞き手に対しすべてを開示しきった達成感がある。

おそらくそれは、餅という食べ物がご飯やパンといった他の炭水化物にくらべてぐっと人気というか、食べ物としてのメジャー感の点で劣るからではないか。餅が好き、という気持ちのなかにあらかじめ「実は」餅が好き、というような、わざわざ選び取った手ざわりがある。

もう一度、「好きな食べ物は、餅です」と言ってみる。

餅は回答としてちゃんと考えているようすがうかがえる。餅には、好きな食べ物として選ぶのに適した選び取ったらしい狭さとおおらかな広さがあるのだ。

餅が好きであると言ったとき私は、ここは地面が広いな……と感じた。餅の範疇《はんちゅう》を物理的に感じていい気になったし心地よかった。餅を介しもちもちとしたやわらかな世界がこの手に入ったようだ。

餅が好きな自分の前にいた餅になりたい自分

高まりとともに、走って餅を買ってきた。皇室献上農家 小柳農園の、長野県産特別栽培米 もちひかり100%使用というふれこみの「とりわけ美味しい おとりもち」。もちひかりはさっぱりとした旨みを誇るもち米品種だという。

パッケージの裏にはおいしく食べる調理法としてレンジとトースターを使う他に、鍋で煮る方法が掲載されていた。

そうか、切り餅って煮てもいいんだよな。これまで磯辺巻きやあんこ餅にするにしろ、汁物に入れるにしろ、焼いてばかりで気づかなかった。水に入れて火にかけ、沸騰したら弱火にして2分煮るといいそうで、やってみた。

やわらかくなったお餅はほとんどつきたてのようなありがたさだった。

餅は白くてやわらかい。甘くてやさしい。

他のどんな食べ物よりも、餅は生きる感動に近い食べ物だ。

私はつねづね本名で活動してきたのだけど、ハンドルネームを求められたとき、そういえば「おもち」を名乗っていたことに、今さらはっとして気づいた。なんと、本当に、すっかり忘れていた。

好きな食べ物は餅ですと、言って発表することを思いつくずっとずっとその手前に「餅になりたい」と希望して、餅を名乗る私がいたのだ。

回収するつもりの一切なかった伏線を回収する

餅ということで、いいのではないかと気概が高まってきた。ここで腹をくくれるかもしれない。

ここまでさんざん体と心を総動員して自分をゆさぶってきた。いよいよの着地にあたり、これまでをあらためて振り返って驚いた。「好きな食べ物はなんですか」問題に取り組みはじめてからずっと、うっすら自分が餅に目くばせをし続けてきたことに気づいたのだ。

こんぶ飴に焦点を当てたとき、そのトップメーカーである浪速製菓のホームページに私はこんぶ飴のテーマソングをみつけている。歌い出しは、そう、「お餅のようでお餅でない」だ。

完全な伏線だ。回収するつもりの一切なかった伏線をまさか今、回収している。

さらに「好きな食べ物見極め表」を作るなど迷走を極めたころにも、すき焼きへの言及にあたって、鍋のあとに餅を入れることの良さを回想して私は恍惚としている。

V（すき焼きの）最後に餅を入れるのが祖父のきまりだった。うっすらと残った割り下に、固いままの切り餅を入れて煮ながらにして焼くようにやわらかくなるのを待つ。鍋に残ったかけらの肉やネギ、しらたきを吸着した餅がやわらかく伸び、米と砂糖と醤油の味であらためて独特に甘い。

この朗々たる語りぶり。

畳み掛けて、混んだフードコートで我を忘れ、呆然としてミスタードーナツに逃げ込んだ私が頼んだのが「生ポン・デ・宇治ほうじ茶 きなこ」であり、これを食べて「ひとことで言うとわらび餅だった」とほえている。

餅なきところにわざわざ餅らしさを感じに行っている。

それでも一旦は餅への気持ちをいなして鯖寿司を好きなものとして据える。そこで買ってきた福井の焼き鯖寿司の良さを私はこのようにに記した。

∨ご飯部分がむっちり餅のようにまとまっていて、そのまとまりが大葉もガリも焼き鯖もすっかり抱擁している。

食べ物の良さを、餅をベースに評価し続けている。お餅のこと、大好きではないか。なぜ気づかなかったんだ。

10代や20代の恋愛シーンに「好き避け」という言葉があるらしいことを最近知った。相手のことが好きだからこそ避けてしまう心理のことらしい。

好きだという気持ちに照れがあり、素直な気持ちを隠したい思いから避けてしまうということらしいのだけど、私も餅に対してちょっとそういう気持ちがあったのではないか。

餅ではなく「もちもちしたもの」なんじゃないか説

ただ、ここであらわになるのが、餅ではなく「もちもちしたもの」が好きなのではという疑惑だ。

こんぶ飴、ポン・デ・リング、鯖寿司のご飯の部分、そのどれもがもちもちしている。私が関心を持つのはもちもちした食感なのであって、それで餅が好きということにはならないんじゃないか。

思い出されるのがポムポムプリンの好きな食べ物である「ふにゃふにゃしたもの」だ。

まさかここへきてポムポムプリンの好きな食べ物を学んでおいたことが役に立つとは思わなかった。学校の勉強が将来どう役立つのか、本当に有効なのかという問いはよく聞くが、ポムポムプリンの好きな食べ物ですら知っておくとこうして後に効いてくるのだから、学校の勉強くらいになるとそんなものもう絶対にしておいた方がいいということが分かる。

ポムポムプリンは「ふにゃふにゃしたもの」を、それが何かとは限定しなかった。「ふにゃふにゃしたもの」が好きなのだと、食感それ自体への愛を認識し受け入れて発信している。自分を深く認知できているのだろう。

ポムポムプリンのように、もちもちしたもののすべてを私は好きだろうか。もちもちした食べ物をランダムにピックアップしてみよう。主観ではなく、ネット検索で世の中で一般的にもちもちしているといわれる食べ物を調べると、甘いものからしょっぱいものまであれこれと出てきた。

たとえば、カヌレ、ベーグル……あっ、好きだな。

チヂミ……好きだ。

生麩……食べたことがあるのは数回だけれど、おいしいと思う。好きだ。

うどん……うどん……？　うどんもそうか、種類によってはもちもちしたうどん、ある。冷凍のうどんには食べ物をもちもち食感にすることで有名なタピオカ粉が入っていると聞いた。実際かなりもちもちしている。

うどん……どうだろう。それほど積極的に好きでもないかもしれない。福岡のやわらかいうどんや大阪の透き通った出汁に浮かぶうどんは大好きで機会があると積極的に食べるし、日本三大うどんをはじめとした名うどんには憧れるけれど、日頃はそれほど食べる習慣はない。

タピオカミルクティーに入ってる大粒のタピオカ……それほど好きではないかもしれない。太いストローからブン！　ブン！　と喉の奥に当たるように飛び出してくるのは面白い。けれど咀嚼のもちもち感には、あまりときめきは感じない。もちもちしていても、同時にくにゅくにゅしていると興味がそがれるのかもしれない。

もちもちしたものは多い。だからか、全部を好きかというとそうでもないようだ。

ふにゃふにゃしたものはおそらくなんでも好きだろうポムポムプリンの高度な潔さがまぶしい。

お餅が好きな私を認めよ

いまだ本当に「好きな食べ物はお餅です」と言い切ってしまっていいか、迷いは残るが、ここで試しに「好きな食べ物は鯖寿司です🐟」としていたSNSのプロフィール文言を、心静かに少しの厚かましさをもって「好きな食べ物はお餅です」と書き換えてみることにした。しっくりくるものかどうかを、身を投じて確認したい。

　書き換えたことで、昨日まで堂々として立っていた鯖寿司好きの私が

おくれ毛で風を切れ
プロフィールを編集
古賀及子（こがちかこ）
@eatmorecakes
エッセイスト。日記エッセイ『おくれ毛で風を切れ』『ちょっと踊ったりすぐにかけだす』(素粒社)、エッセイ集『気づいたこと、気づかないままのこと』（シカク出版） 最新日記ZINE『私が愛するあなたの凡庸のすべて』ご連絡は
forms.gle/F34yACPtMBCWgo... 好きな食べ物はお餅です

しゅんと、電源を落としたホログラムのように消えた。新たにぼや〜っと、餅好きの私が現れる。

現れて感じるのは、影の濃さだ。この私に、私は自信がある。

好きな食べ物を逡巡するうえで、ずっと頭にあったのが、対象への遠慮だった。こんな私が好きと言っていいのだろうかと、いつも自信がなかった。

餅に書き換えて、あらためて鯖寿司に少し気後れしていた部分があったのに気づいた。

餅にはそれがない。しっくりきて、やけに落ち着く。ぴったりの服を着たみたいな自由さだ。くるくる回ったときにふくらむスカートのすその形みたいに美しいと思える。


普段私は自宅の台所のダイニングテーブルにパソコンを置いて作業している。プロフィールを書き換えて反映されたのを確認し、よしと立ち上がった。

隣室の居間とを隔てる襖をがらっと両手で開けると、居間のソファで息子が寝そべっている。「なに、どうしたの」

「私の好きな食べ物はお餅です」

息子は、「お、おう……」と言った。うん、急に言われたところで「お、おう……」としか言えないだろう。そうして「おれの好きな食べ物は杏仁豆腐です」と返事をしてくれた。

好きな食べ物が杏仁豆腐の息子と話をする。しばらくのあいだ鯖寿司ということにしていたんだけど、やっぱり餅にしたと。すると息子はちょっと否定的だった。餅がおいしいのは分かる。でも鯖寿司の方がおいしさが確定的というか、思い浮かべたときに説得力がある。餅は名前を聞いただけではそのおいしさ、しずる感みたいなものが伝わらない。しかも、餅はちょっとかわいい。自分をかわいく見せたがっているのではとつい勘繰ってしまうと、息子は言う。

なかなかに厳しく、また考えさせられる指摘ではないか。

なるほど「餅」と言われて頭に思い浮かべるのは焼いていない切り餅か、つきたての餅、なにしろ調味がされていない状態の餅だ。それだと発想したときにダイレクトにおいしさがついてこない。いっぽう、鯖寿司はことばの時点でもう完全においしい。餅という言葉には、おいしそうさの手前にかわいらしさがあるというのは、実はなんとなく自覚していたことではあった。チーズケーキまでは遠慮したけれど、餅だったらいいんじゃないかと、自分に許せたかわいさだ。

「ファッションで◯◯している」、と勘繰る嫌味がある。ファッションでオタクをやってるとか、ファッションとしてのマニアだとか、その状態を、本気ではなく装いとして実施しているのではと疑う言い方だ（自虐的に自称することもあるかもしれない）。餅好きも、かわいらしさから選択しているのであればファッション餅好き、ということになってしまうのだろうか。

そうして私は、いや、と思う。ファッションでも、もはやいいのだ。

私はどんな私が好きかと自分に聞いて「餅が好きな自分」がいいと選んだ。だからある種ファッションだというのは本質でもある。

食べ物としての餅が好きだし、ファッションとして餅を装いたいという気持ちも私のなかには同時にあるんだ。

気持ちを強くするうちに夕方になり、ベランダから干した洗濯物を取り込んでいると娘が帰宅した。取り込んだ洗濯物を一旦居間の長押《なげし》にひっかけて娘の方を向く。

「私の好きな食べ物は、お餅です」

娘は（お、おう……）という目でこちらを見据え、そうして「あれ、鯖寿司じゃなかったっけ？」と聞いた。覚えていてくれたんだな。

「鯖寿司だったんだけど、やっぱりお餅かもと思って変えたんだ」

「ふーん」

「どう思う？　お餅」

娘は少し考えてこう言った。「お餅が好きって、考えれば思いつきそう。『カレーライスが好き』と同じような。鯖寿司が好きっていうのは、考えても思いつかない、本当だから言っている感じがする」

風当たりの強さよ。

なるほど、言われてみると餅には「そうきたか」が欠けている。意外性がないといえばないかもしれない。

でも、でもだ。

娘はまだ中学生で、感性がまだ最初の1周目を走っている可能性がある。餅は「1周回って熟考のうえ好き」な部類の食べ物なんだ。

大人が胸をはって言う「カレーが好き」は、本気だろう。心底好きでないとカレーが好きとはちょっと言えない。餅もカレーも覚悟のうえで好きなのだ。

心がアゲインストする。お餅が好きな私を、認めよ。

どんな餅好きとして生きていくか

私たち、軽く4個は食べますよ、つきたてのお餅って本当においしくって、するするいけちゃうんです。そう言ってその人は「ね！」とうしろの人に目くばせをした。目を合わされた人も、うんうんとうなずく。この店では餅は1個から5個（5個!?）のあいだで選べるのだそうだ。

ネットで知った、お雑煮の専門店にやってきた。このお店は朝から晩まで本当にずっとお雑煮を食べさせる。私が行ったのはお昼前。昼食利用で混む前の時間を狙ってやってきたのだけど、すでに数組のお客がお雑煮を食べていた。

はじめての来店だと言うと店員さんがひとりついて丁寧に接客してくれる。定番は鶏出汁。お餅はつきたてそのままのお餅の他、焼きと揚げからも選べるのだそう。具はデフォルトで鶏肉、かまぼこ、みつば、柚子がセットされているものの、自由にカスタマイズが可能でセロリや小豆、いくらなども用意されている。

もちろん出汁も各種取り揃えられ、鶏出汁の他にかつお、いりこ、白味噌、赤味噌がある。各地のお雑煮が再現可能で、餅ファンであり、お雑煮ファンでもある私としては前のめりになって座ったはずの腰が落ち着かずどうしても5センチ浮き続けてしまう。

ほがらかな店員さんによると、お雑煮とは別にひとつ磯辺もちをオーダーして海苔の香りで食べるのがおすすめだそう。デフォルトの鶏出汁のお雑煮につきたてのお餅をふたつと磯辺もちで注文をお願いした。

万が一残してしまうことがないように、とりあえず初心者として餅3個からの入門だ。

好きな食べ物はお餅です！　と宣言することにした。そう決めて、子どもたちに反対されても押し通し、その日は荒ぶるもやっと好きな食べ物が決まった満足感からそれはそれは安らかに眠った。

起きて、朝食べたのは食パンだった。

昼はおにぎり、夜はご飯だ。

……餅は。

こんなことでいいんだろうか。今後どんな態度でもって餅好きとしてやっていくか、もう少しピントを合わせておきたい。

調べてみると、もちろん餅にも界隈はある。全国に有名店があちこちあって、自宅周辺にも名店がみつかった。これまで漫然と食べていたものだから、知らなかった。

そんななかで知ったのがこのお雑煮専門店だ。正月シーズンを過ぎてしまうと、餅をどう食べてやろうか、考えて思いつくのは磯辺焼き、あんこもち、きなこもち、お汁粉、力うどんあたりが基本じゃないか。純粋に餅を食べようとすると私の選択肢は案外少ない。

お雑煮は正月のイメージが強いけれど、なんの、通年食べる人もいるのだという噂はかねがね聞いていた。この扉を開く、お雑煮を正月から解放することが、餅好きの大いなる一歩になるのではないかと思ってやってきたのだった。

この餅は重さの概念を超えて軽い

お雑煮専門店で食べた餅は磯辺もちもお雑煮も、それはそれはすばらしかった。

つきたての餅といえば、近所の運送会社が近隣住民を呼んで開くもちつき大会（ありがたいことにそういう会があるのだ）で年に1回、お祭りの気分で浮《うわ》ついて食べるくらいだった。こうしてお雑煮の出汁に沈んだものを落ち着いて食べると、こんなにもやわらかくてなめらかなものだったかと驚かされる。

オノマトペとして一番近いのは、もちもちよりもむしろふわふわだ。口当たりが綿のようだから、噛んだときにむちっとして伸びるのが一瞬意外に感じられて慌てる。噛み締めるほどにふわふわはもちもちに変わって、お米の甘みがまんべんなく口内に広がっていく。

磯辺もちを手に持ったとき、ちゃんとした重量はあるのに、そのやわらかさから「軽い！」と瞬時に脳が判断したのには笑った。重いのに、軽いのだこれが。

重いとか軽いといった判断が、重量にだけではなく、感触や肌質に発生する。お店の方が4個は食べられるというその意味がよく分かった。重さの概念を超えた意味での軽さがつきたてのお餅には、ある。

お雑煮はいいぞ！　という気持ちで店を出た。

6月下旬、夏を前に空気がじっとり湿気をもちはじめて荷物すらも重く感じる外気だった。歩くとすぐに額が汗ばんで、さっきまでお雑煮を食べていたと思うと体内時計を裏切るようで、自分の脳や体に対してだろうか、ざまあみろと胸がすく。

「餅好き」と「好きな食べ物はお餅」は、違う

お雑煮専門店の他にもあちこち行ってみたい餅のお店がある。豊かさを噛み締めながら、ちょっと「はて」とも思う。

積極的に餅ファンとしてその道を歩むこと、いわばマニア的に成長することと、「好きな食べ物はなんですか」と聞かれて「私の好きな食べ物はお餅です」と答えることのあいだには溝があるのではないかと、予感のようなものはずっと感じていた。

海老のチリソースを四川飯店に食べに行ってふるえ、坂井市の焼き鯖寿司に感激して、名店や名物のすごみには十分うならされた。

けれど私には、物事に凝って筋道をたててきちんと研究しまい進するマニアになる度量はどうもなさそうだ。いわゆる「好きが高じる」状態にシフトし、たとえば餅を作りはじめるとか、もち米を栽培するといったバイタリティを発揮する才能も、ない。

そう、私は勤勉では、ないんだ。

私は餅が好きな人ではあるけれど、それによって専門性を開拓する素養は圧倒的に欠けている。

「好きな食べ物は何？」と聞かれて「お餅です！」と答える、ちょうど、そこまでなんだ。


そうか、それでいいんだと、頑張ってマニアになる必要のなさに安堵して、ある日歩いていた。大きく「餅」と書かれた立て看板が立っている。のれんには餅菓子専門店とも。も、餅の店だ……！

絶対に入るしかない。勇んでのれんをくぐると、きれいなショーケースに豆だいふく、フルーツ大福、わらび餅、くず餅といったまさに餅菓子が並ぶ。

熟考し、カップのなかで白いお餅が重なり合って愛おしい羽二重餅の冷やしぜんざいをいただいてみることにした。

羽二重餅というのは福井県（また福井県だ……！）の銘菓だ。甘い味のついたお餅で、とてつもなくやわらかい求肥《ぎゅうひ》といったところだろうか。以前から羽二重餅は人の餅への興味を測るリトマス試験紙だと思っていた。これを食べてはっとして慌てて「な、なんですかこのおいしいものは!?」と身を乗り出せば餅好きだし、そうでなければ餅の素養は薄いと思われる。

帰って食べると、本当にやわらかい。お雑煮のお店で食べたお餅を綿のようだと書いたけれど、こちらはもはやほとんど空気ではないか。様相はお布団なのだけど、食感はもう、布団をかぶって寝たあとに体に巻きつくまどろみそのものだ。

噛むとむちむちして食べ物としてのプライドを持って存在感があらわになる。ただし味はどこまでも薄甘く優しい。ぜんざい部分もさわやかで一切のべたつきがなくすっきりとして体に難なく染み入った。

恐縮した。

私の好きな食べ物なんだから、もっとおいしくなくてもいい！　と思ってしまう。もっと、だらしなくていい。適当でいい。なんなんだ、このこじれた気持ちは。

私の餅への愛というのは、よりおいしく、より新しいものをという渇望とは、もしかしたら結びつきにくいのかもしれない。あくまでも、あのときおいしかった、あのときうれしかった、思い出がベースだ。

あえてマニアにならなくても、好きだと宣言して自覚することに結果的に行動がやんわりともなって、じんわりと思い出が増える。対象への愛が育っていく。

推さずに好きでいるということ

私は「好きな食べ物」を探りながら、その「好き」を加熱させずにとどめておくことも考え続けていたのかもしれない。これは激しいファンになるかマイルドなファンになるかというのともちょっと違って、好きをアイデンティティとするか否かの問題なんじゃないか。

餅のことを私は推さずに好きでいたい。

プロフィールの「好き」というのは、つまりそういうことなんじゃないか。

先日友人とお茶を飲んでいて、どういう話の流れだったか「古賀さんって好きな芸人誰？」と聞かれたのだ。好きな芸人さん。いないわけない。でもぱっと思いつかない。

ちょっと待って、M-1の出場芸人一覧を見ればピンとくるかも……、IPPONグランプリに出たことある人から探してみる……、結局その場はあいまいになって会話は流れて終わってしまった。ああ、誰かちゃんと決めておいたら話がはずんだのに。この「ああ、誰かちゃんと決めておいたら」これこそがプロフィール上の「好き」の感覚だ。

日頃から推して、それなりに時間を割いて好きでいるわけじゃない、でも、決めておく。それがコミュニケーションや人生を彩る。

私はお餅が好きと決めた。

あの人はお餅が好きと認めてもらうことが、交流のきっかけになるかもしれない。他者とだけじゃない、自分でお餅が好きだと認めることで、自分の新しい行動も生まれる。街で見かけたお餅の看板に瞬発力をもって反応できる。お餅のアクスタがあったらぜひ欲しいし、餅が好きという人がもし現れたら巡り合わせを喜んでひじを抱き合って共感したい。

ところで、友人とのお茶のあと帰宅しながら好きな芸人さんがいとうあさこさんだったことをはっと思い出して、なぜすぐに出なかったのだと歯噛みした。熱心というわけではないけれど私はいとうさんのラジオ「ラジオのあさこ」のリスナーで、土曜の朝を楽しみにしているのだった。

好きな食べ物はお餅で、好きな芸人さんはいとうあさこさんです。

「好きな食べ物」が、みつかった。

みつかったし、決めた。

私の好きな食べ物はお餅です！

「好きな食べ物はなんですか？」へのアンサーをお餅と決定して声高に公言してしばらく、早くも私の周りに餅や餅の情報が集まりつつある。

京都からはあの阿闍梨《あじゃり》餅をお土産にいただき、金沢に圓八《えんぱち》というあんころ餅の名店があるという情報も寄せられた。これが好きを表明することの威力かと、体感して感激する日々だ。

今年は夏に井伏鱒二『黒い雨』を読んだ。原爆の被害にあいながら、生命力をふるわせるようにがつがつとお餅を食べるシーンがある。まさにこれが餅というものに備わった根源的な生の予感だと思わされ、餅を好物と携えて生きているからこそ受け取れる重い感動があった。

同時に夏いっぱいをかけてAmazonプライムの「バチェロレッテ」シリーズを一気見し、シーズン2に登場したディズニープリンセスのようにチャーミングなバチェロレッテが、好物を餅だと発言しているのにふれはっとした。白くてやわらかいものが好きとも言っており、発言と印象の合致が尋常ではない。餅を好きというにはこのレベルの輝きが必要なのかとおのれを顧みてひるみもしたが、食べ物への愛の道は平等に開かれているはずと気を確かにした。バチェロレッテには参加男性がつきたてのお餅を差し入れていた。

ひるむだけではない。今なおゆさぶるように自らを問う瞬間もある。

私あのとき餅のこと好きって言っちゃったけど本当に好きなのかな。

つまりこれはいかんともしがたく愛の話なのだろう。

眼裏に鯖寿司や海老のチリソース、チーズケーキたちがぼんやりと亡霊のようにうかびあがれば、目を閉じたまま頭をかかえて丸まりたくもなる。

そんなときは、どの食べ物も好きは好きとして愛し抱え続ける、ただ、選んだ自分に納得がいく、選んだ自分をも愛せる、そのために旗を立てた食べ物がお餅なんだと、それを思い出して心身をなだめるのだった。

「好きな食べ物はなんですか？」とは、結局一体なんだったのか。

それは、みつけながら腹をくくって決めるもの、だった。

この問いの答えを私はこれまでずっと、生きているだけで分かり得るもの、自然に降りてくるものだと思っていた。作為なく、あらかじめどこかに存在しているはずだと。

だから好きな食べ物が「みつからない」とずっと不安でいた。腕まくりをして4ヶ月探してさまよって、そうか決めることが必要なんだとやっと分かった。

好きな食べ物は最初から存在するのではなく、食べ物との対話を通じて自分のなかで作り出す、決めてつかむものだった。

4ヶ月も迷走することになった大きな原因は、好きな食べ物を「みつけ」て、「決める」、ここに人それぞれのバランス感が発生しているからだったんじゃないかと、今では思う。

好きな食べ物が、決めずとも生きながらにしてみつかってしまう、みつける10割、決める0割の人もきっといるにはいるだろう。

いっぽう、みつけるよりも先に決めてしまう、みつける0割、決める10割という極端な人も案外いる。最初はウケ狙いで決めて、徐々に本当にその食べ物を好きになるようなパターンだ。

私はおおむね7割みつけて、残りの3割で決めて着地させた。

大人になっても案外発表する機会、書く機会のある「好きな食べ物」。

発表するからこそ、食べ物でありながら、コミュニケーションでもあると私は思っていたのだけど、コミュニケーションの相手が他者だけではなかったのは発見だった。

相手は自分でもあり、さらに食べ物自体でもあった。

「好きな食べ物はなんですか」の内包するものすべてが、コミュニケーションそのものだったんだと思う。

「お餅が好きな自分」、この人格の登場は、自分にとってむちゃくちゃにポップだ。

歩いていてお餅が売られていると、お！　と思う。お餅がある！　キャラクター化した自分を自分のなかに生かすことで、自分が活性化するのを感じる。

なにかに夢中になる人が輝く時代だ。推しという概念が広がりに広がって、愛による心のときめきを、今や多くの人が可視化して認識している。同時に、夢中になれない宙ぶらりんの状態を拗ねる気分も自分にばれてしまって、いつもなんだか物足りないような気に、どうしてもなりやすい。

その物足りなさを、今は餅がもちもちむっちり埋めて、ああ、あそこに大福があると私は駆けよって眺める（買う）。楽しい。

アボカドが好きかもしれないと思って、高級スーパーの紀ノ国屋で高いアボカドを買って食べたのがもう4ヶ月前だ。あのとき、洗ったタネを爪楊枝を2本さしてガラスのプリン型に入れて水栽培しはじめた。アボカドの種はしばらく水につけているとじわっとふたつに割れてなかから芽が出る。

芽がにゅーっと高く伸びるころ、下からは水中に向けて根が生えはじめた。あれはまさかこんぶ飴が好きな食べ物の候補に浮上したころのことだ。

プリン型では根が窮屈そうで、グラスに替えて、先日さらに大きな花瓶に替えた。

芽はもう20センチは伸びたから、もう少し根が増えたら土を入れた植木鉢に植え替えようと思う。

名前は、アボカドの胸をかりつつ「おもち」にしよう。

というわけで、ながらく私の逡巡にお付き合いくださりありがとうございました。

深く感謝いたします。

でね、あなたの好きな食べ物はなんですか。

解説

上白石萌音

茄子です。あと肉も好きです。

とずっと答えてきた私は、迷いなく使い古してきたこの二枚のカードに今初めて疑いの目を向けている。茄子と肉、本当にそれで良いのだろうか。そこに責任はあるのか。もっと、興奮できる何かがあるのではないか。

このページに到着した読者はみんな、今の私と同じように考えているのではないかと思う。だってこんなに真摯に真剣に躍動的に、一つの問いに関して熟考する著者の姿を見届けたのだ。そして果てには、『でね、』とこちらにも同じ問いが投げかけられた。その最後の一文がたたえる、やり遂げた者のすっきりとした表情。優しい手招きでありながら、同時にどこか挑戦的な格好。揺さぶられない方が無理がある。

もはやこの本は、「好きな食べ物」に関する論文であると言えるのではないだろうか。一つの問いに複数の仮説を立ててそれぞれ詳細に検証し、あらゆる可能性を鑑みて、派生した枝の一本も逃すことなく深く疑っていく。周りの人々やこれまでの人生を参照し、フィールドワークや自炊での実践も躊躇わず、食べもの図鑑まで引いてしまうというストイックさ。ついに答えが定まりそうになっても、そこにすかさず蹴りを入れて強度を試し続ける姿が笑っちゃうくらい勇ましい。そうやって「食べ物」というトピックを色々な角度から考えるうちに、自意識や「好き」の本質にまで視野が及ぶ。促された訳ではないのに、読むこちらも気づけば自然と自分自身を見つめている。いったいどんな結論に辿り着くのだろうと読み進めながらも、もはや結論が出なくても良いと思った。「やっぱりわかりませんでした」と言われたとしても、私は立ち上がって拍手をするだろう、と。それくらいこの道のりは緻密で濃厚で、魅力的だった。

『ちょっと踊ったりすぐにかけだす』を読んで以来、私はすっかり古賀さんのファンである。というか、古賀さんの豊かな感性と言語化のセンスにとても憧れている。ご著書を読むたびに、どんなふうに物事を考えたら古賀さんのようになれるのだろうと思っていたのだが、なんだか今回はそんな古賀さんの思考回路のお供をさせていただけたようでとても嬉しかった。「好きな食べ物」に注がれた古賀さんの情熱と責任感に倣い、ここからは古賀さんへの「好き」を私なりに解剖して記してみたいと思う。

まず、物事を見つめる時のリスペクトに満ちた眼差しが好きだ。二人のお子さんやご友人たちの言動を、また食べ物とそれを作って売る人たちを、心からの尊敬の念を込めて見つめる。「尊重」というのとは少しニュアンスが違っていて、「尊敬」なのだ。そこには親と子といった年齢の上下関係や、店員と客といった立場の垣根がない。起きた出来事や発された言葉をニュートラルに感心して面白がり、そこから自分を顧みて発見と学びを謙虚に重ねていく。人やものへの愛ゆえに、何ひとつ取りこぼさないようにとそれを間近で凝視してみたり、急にふと飛び立って鳥瞰してみたり。ベースに尊敬の念があるからこそ、観察や分析に余念がなく、いつだってとことん本気で見つめる人なのだと思う。

そして古賀さんが「興奮」する瞬間が好きだ。その瞬間とは、今まで素通りしてきたようなものを不意に認識した時や、ふとした拍子に物事の本質を捉えた時であるように思う。「……なに⁉」という声が聞こえてきそうな、見事な二度見のような瞬間。そこにはいつも、いかにも古賀さんらしい感性のひらめきがある。古巣であるデイリーポータルZについて、自ら「取材するライターたちが興奮したことだけ追うのが特長」と説明されており腑に落ちるところがあった。「瞬発的なエモーション」が爆発した対象を、微に入り細を穿ってロジカルに追求する。かくして興奮ハンターとなった古賀さんは、今もなお私たちにその喜びを分けてくださっている。

そうして古賀さんの心を動かした瞬間が、とっておきの言語感覚で言葉にされる。きっと、言葉とその意味や、そこから得られる印象にとても敏感な方なのだと思う。安いドーナツについて「フワフワではない、ファッファ」であるとしたり、「『餅好き』と『好きな食べ物はお餅』は、違う」としたり。微妙なニュアンスの違いがとても的確に捉えられていて感動する。また、好きな食べ物を決める過程で、「好きな食べ物は○○です」と一旦言葉にしてみて、その響きに心がどう反応するかをたびたび観察していた。おそらく、「感情や状態」と「それを表しうる言葉」を並べて、本当にこの両者がイコールなのか、もっとしっくりくるものはないかと精査しているのではないだろうか。そこには、自分が発する言葉への強い責任感が滲む。自分の心を正しく映しているか、それが人にどんな印象と影響を与えるかという吟味。そうやって選ばれた言葉たちは、洗練されているのにカジュアルで、身近なのに新鮮に輝いていて、凝り固まっていた筋肉がほぐされるようで気持ちがいい。

古賀及子さんの文章に私が感じるのは、母のような安心感と、親友のような愉快さと、恋人のような刺激である。描かれている瑞々しい暮らしのシーンは、実は私の身の回りにもきちんと用意されている。そこに気がついて、感じ取れるかどうかだ。ちょっと立ち止まって、耳を澄ましたり目を凝らしたりすれば、そうやって考えることを重ねていけば、私もいつか古賀さんのようなアンテナで世界を捉えることができるかもしれない。いや、捉えたい。なのでひとまず、とっておきの好きな食べ物を見つけることからはじめてみようと思う。

古賀及子（こが ちかこ）
エッセイスト。著書に日記エッセイ『おくれ毛で風を切れ』、『ちょっと踊ったりすぐにかけだす』（ともに素粒社）、エッセイ集『気づいたこと、気づかないままのこと』（シカク出版）がある。好きな食べ物が本書執筆を通じやっと決まった。

装画・本文イラスト　おさつ
ブックデザイン　佐藤亜沙美
DTP　有限会社エヴリ・シンク
校正　株式会社ぷれす

好きな食べ物がみつからない

2024年12月1日　第1刷発行

著　者　古賀及子
発行者　加藤 裕樹
編　集　谷 綾子
発行所　株式会社ポプラ社
〒141-8210　東京都品川区西五反田3丁目5番8号
JR目黒MARCビル12階
一般書ホームページ　www.webasta.jp
印刷・製本　中央精版印刷株式会社

ISBN978-4-591-18409-7　N.D.C.596／287P／19cm

P8008483